天下篇，逍遙遊
七星劍，葫蘆酒
你就這樣長身去了江湖
自天涯滄桑風塵回来的你
大鐘鳴鼓，琴瑟竽笙
高台厚榭，邃野之居
或人何在？或人何在？
你又帶書攜酒配劍
從眼前到天涯，一路過去

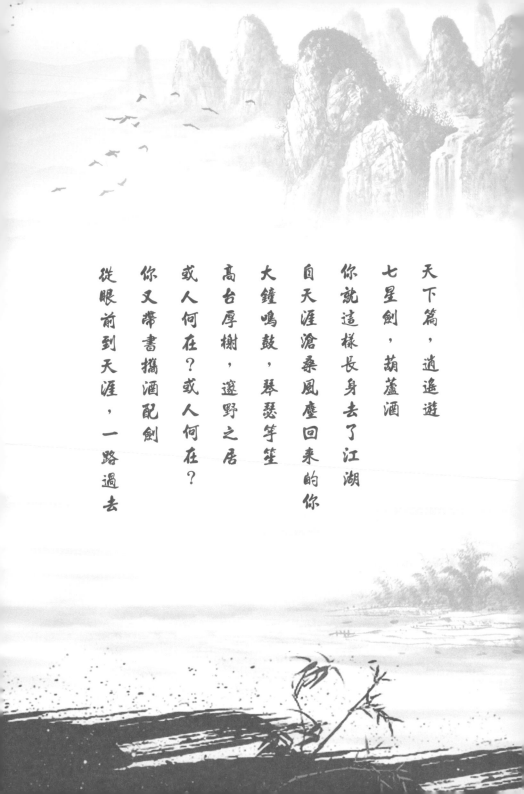

落花也有溫柔的遠志
像人走向水涯
而裘褐為衣，棺桐三寸
張目奸逼切如大火逼你躍牆
身臨绝澗如閉目飛躍
而這一躍往何處去呢
流水也有悲壯的柔情

——摘自温瑞安《山河錄》之華年

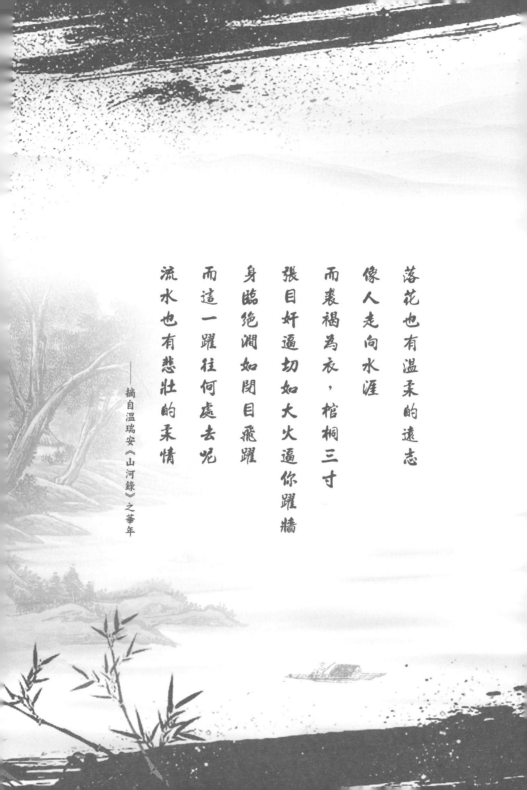

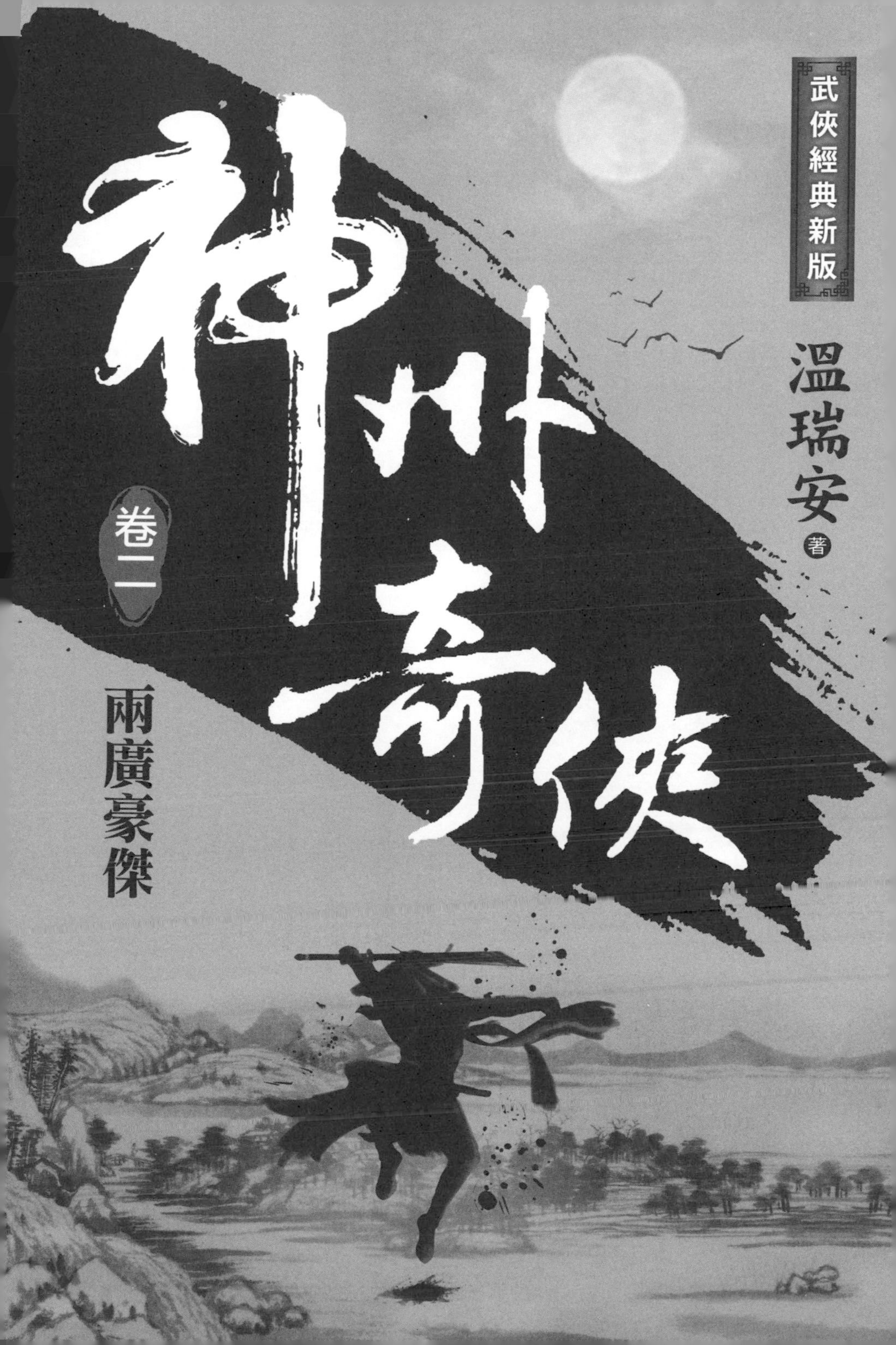
武俠經典新版
神州奇俠
卷二
兩廣豪傑
溫瑞安 著

《兩廣豪傑》自序

莫把後事作前言

溫瑞安

撰寫「兩廣豪傑」的時候，大概在一九七八年間，那時候我正在台灣辦「神州詩社」，從六個僑生開始，結合了各校學子，台灣本土學生、各路僑生，不過一、二年間即行號召了逾四、五百人，由二、三十位社內精英領導，大家相聚相守，勤奮創作，文武兼修，出版發行，唱歌（不是卡拉OK、KTV，真的是作曲編歌寫詞）跳舞（不是迪斯可開舞會，而是演出詩劇、排練古舞和現代舞），非常熱鬧，非常刺激，非常開心，也非常有意義……

那時候，真是熱鬧、開心。

回憶起來，那真的是激越、狂放、闖蕩江湖的日子，心裡也亮晃晃的，笑起來也開揚揚的。

活得真有意思，而且，生活的也真夠轟轟烈烈的。

真不明白爲什麼有人在詩社「失敗」（「敗」於給「警備總部」以「涉嫌叛亂」

的「罪名」收拾了——而且並沒有連累其他的人，從來不涉「政治」的我們，突然遇上這麼一頂天大的帽子，我一上陣就知道完了，便豁出去了，一切都擔上了，只牽累了一個方娥真——他們也不肯放過她）後會有那麼多的怨懟與悔咎。奇怪，那時不是大家都很熱血、熱烈、熱誠的嗎？

別管它，反正，一如我的詩「武當」裡末三行：

我們相守在年少
相忘於江湖，示見於
天地之悠悠。……

活過了，活得過癮，活得有神氣，活得不枉此生，那不就夠了麼？

回想起來，對大家都很有情，對往事也很有趣，再活一趟也願再來一次，遇上劫數也無妨。有人說我憎恨、埋怨過去的朋友，到現在還耿耿於懷過去的事，說什麼要報復、反擊、不平、介意過去的兄弟「背叛」——發他的春秋大夢！我才沒那個功夫！

一、過去的好友、知交，都是朋友、同道，大家都是獨立的個體，自然有的意見不一，那就是自由、自主的可愛可敬之處，就算我給人「誣陷」了也是我做人不夠

「審慎」和不夠「圓滑」，有什麼好埋怨的？朋友之間，無所謂「背叛」二字，我們又不是黑社會！

二、我不知多麼陶醉和欣賞過去和大家在一起所作所爲，覺得活得不負青春，也非常肯定過往的友情，而我在日後及目前的「交遊」、「交往」、「交友」，幾乎完全不受過去事件「陰影」的影響。我照樣呼朋喚友，照樣逍遙自在，結義四方，不知多愉快，不知多過癮，我目下「朋友工作室」在馬、新、港、台、「自成一派合作社」更有四十七位理事，我不知多忙；忙著玩、忙著寫、忙著做愛做的事！

——像我這樣一個「現在進行式」的人物，才沒有時間，不會有心力，更決不讓自己有沈緬過去不歡快回憶中渡日的機會，更何況怨責他人、報復（不太累了嗎）、打擊（謠傳的人真是看「武俠小說」太多了）、悲憤（有什麼好悲的好憤的？我現在不是活得比以前更好嗎！）、不平（爲他人、平民、百姓、身邊的好友「打抱不平」倒是常有的事），我那有功夫呢？

謠言止於智者，卻始於笨人。

你傳你的，我自逍遙快活。

我不恨過去的朋友、兄弟。

——有什麼好恨的？

我只感謝他們。

沒有他們（包括負面的「打擊」，我溫某人才沒有今日）。

我一向是個前進式也是現在式的人。

做人，真是開心的事……

（——必須澄清一點：我對「逆徒」、「叛徒」、「出賣者」大作文章，大事鞭韃的，大多數都是在一九七五至八一年前寫成的，那時候，我還在台灣大搞「神州社」，如火如荼，大家團結得不得了，感情也大抵十分融洽——大家、讀者、評論家們可千萬不要太「事後孔明」：錯把後記當前言了！）

稿於一九九八年九月一至二日

兩天內一氣趕完多種、多篇、多樣稿件，編審、校正、信件、文案、工作、進度奇速，四位助理、選書、編輯、企劃都趕不及、跟不上，寶刀未老，牛刀小試，氣吞萬事如虎，生氣勃勃過癮也／二至三日：公事了，又與靜「過關斬將」，入鵬城，住王朝，回龍頭，重振小築，何梁飛赴珠海交辦重要事件，勢如破竹

校於同年九月四至十日

四日功夫，重新收拾舊山河，一壯「龍頭」虎威，重建第四分社，在鵬城建立各路關係，遍嘗美味，與靜恩愛纏綿，與何梁共創新境，並苦等重要訊息／後三天終於守得雲開見月明，喜訊急至，宋星亮、秦保夷飛身過海取文件，小飛又有可長天萬里任翱翔、狂買、流水晶靚石誌賀也

溫瑞安

神州奇俠 兩廣豪傑

正傳卷二

目錄

一　落地生根

桂林山水甲天下。
陽朔山水甲桂林。

「陶潛彭澤五株柳，潘岳河陽一縣花；
兩處爭如陽朔好，碧蓮峰裡住人家。」

陽朔之山以多勝，以奇勝，以秀勝。山勢多無規則，或欹或立，或臥或疊，無所不有，卻紊而不亂，奇峰具異，就算信筆揮就風景人物的大畫家，筆挽江山的人詩人，亦難以描繪、無從寫起。

陽朔之美，可想而知，蕭秋水一到陽朔，即放出了「九天浣花箭」。

「九天浣花箭」是浣花劍派的緊急聯絡訊號。

蕭秋水放出的那一種「九天浣花箭」，是非常特殊的一種，浣花劍派的弟子們只要有一人見到，必定不管一切，放下一切，趕來聯絡。

從四川到貴州，由貴州到廣西，權力幫的追殺，風聲鶴唳，無所不在。

權力幫就像是一個史前碩大的巨人，隨時可以抹去幾隻螞蟻的存在。

所以蕭秋水一入陽朔，即放出「九天浣花神箭」。

鐵星月瞧著蕭秋水自懷中掏出浣花神箭，又發出神箭，神箭颼地一聲，升上半空，轟地爆出千萬朵火樹銀花，鐵星月瞧了老半天，忍不住摸摸蕭秋水的額角，試探地道：「有沒有發燒？」

蕭秋水怔了一怔：「發燒？」

鐵星月關懷地道：「你有沒有病？」

蕭秋水道：「你發神經啦？」

鐵星月佛然道：「你才是發神經哪。我們被追得那麼慘，又大白天的，你還有心情來放煙花！」

「煙花！」蕭秋水沒好氣道：「你以爲我在放煙花！」

左丘超然笑道：「那是訊號，浣花劍派的特殊緊急聯絡訊號！」

邱南顧道：「這訊號管用嗎？」

蕭秋水道：「這兒已是陽朔，桂林一帶的浣花劍派弟子，一見無有不來的，就算浣花劍派的熟悉朋友，見了也會趕來。」

邱南顧道：「自從烏江除七魔後，權力幫的人好像沒盯上咱們了，一路上倒是無事，真不過癮。」

唐方憂心道：「倒不知桂林浣花分局如何了？」

蕭秋水想了想，正色道：「有我大哥、二哥在，天大的事也扛得住，何況還有孟師叔、還有玉平兄，以及你兩位兄長也在，看來也不是權力幫說挑便挑得起的！」

左丘超然歎了一口氣道：「成都浣花劍廬裡，也有蕭伯伯、唐大俠、朱大俠、蕭夫人，甚至有『掌上名劍』、『陰陽神劍』二位前輩，但權力幫一樣敢挑了……只怕……」

這時遠處忽然傳來一聲長嘯，又一聲短哨，蕭秋水喜道：「接應的人來了！」

來人快騎。

馬高大，在馬上的人卻矮小。

馬後面揚起丈高的灰塵，馬衝過處連小樹都倒了，馬的速度絲毫不減。

馬衝到五人身前，馬上的人一勒，即時給勒止了。

連多衝一步都沒有。

邱南顧脫口讚道：「好馬！」

鐵星月卻大聲道：「好臂力！」

馬上的人一點而起，落在地上，落時沒有聲音，到地後卻鞋面與土齊平，原來已把硬地踩了兩個凹洞來。

左丘超然也忍不住道：「好內力！」

那短小精悍的漢子卻向蕭秋水拱手，蕭秋水喜道：「馬竟終，你還在浣花！」

只聽那人大笑道：「我生為浣花人，死為浣花鬼，怎會不在浣花！蕭少主，咱們又見面了！」

鐵星月忽然走前去，扳著臉孔問：「你是『落地生根』馬竟終？」

那人被這突如其來的一問，當下正身向鐵星月，冷冷地道：「我是，什麼事？」

鐵星月道：「是單刀鬥月狼，九死一生渡怒江，在桂林浣花劍派的『九命總管、落地生根』馬竟終？」

馬竟終不耐煩地道：「便是我！你要怎地？」

鐵星月忽然對他的肩膀用力一拍，又抓住他的手力撼歡呼：「嘿嘿嘿，你這朋友我交了！」

馬竟終猶如丈二金剛，摸不著頭腦，向蕭秋水道：「他是——？」

蕭秋水還未回答，鐵星月已然道：「鐵星月，鐵樹開花的鐵，星星在眨眼的星，月色多麼美的月，鐵星月。」

馬竟終迷迷茫茫地望著那如瓜子般小的腦袋，小眼睛，大嘴巴，塌鼻子，和一排白森森的牙齒，實在想不出哪一點像鐵樹開花？哪一點像星星眨眼？哪一點像美麗月亮？只好勉強招呼了一下。

蕭秋水又介紹他與唐方、左丘超然、邱南顧，馬竟終一一點頭，道：「少主發緊急『九天浣花神箭』，是不是有什麼情況……？」

蕭秋水當下就把權力幫圍攻蕭家劍廬，唐大、張臨意、蕭東廣如何被暗殺，康出漁、康劫生、辛虎丘如何背叛，蕭西樓、朱俠武、蕭夫人如何拒敵，沙千燈、孔揚秦、左常生、華孤墳如何攻襲，四人如何衝出包圍，如何面對危機四伏，如何遇見鐵星月、邱南顧，如何黃果殲敵，烏江除妖，概要地敘述明白。

馬竟終聽著聽著，臉色愈來愈難看。

蕭秋水最後問了一句：「……只不知道桂林那邊的孟師叔，有沒有遇敵？」

馬竟終道：「遇敵倒還沒有。但我們一定要盡速通知孟先生等，以營救成都總部。」

蕭秋水道：「好……我在成都，聽說你已離浣花劍派，見你還在，我很高興。」

馬竟終目中閃動著憤怒的光芒：「還不是權力幫的中傷！他們一早已佈下了局，要吃定浣花蕭家，第一步就是要離間我們！我在蕭家已十二年了，從廿歲起，莫不是蕭世伯、孟先生提攜我，我還去得了哪裡！」馬竟終說著目中隱動淚光：

「這些日子來，武林各門派就是中了他們的離間計，已給一網打盡的就有括蒼派、崆峒派、司寇世家、太極門……」

蕭秋水等俱是一震，失聲道：「這麼多門派？」

馬竟終點點頭道：「豈止如此。連嵩山派也遭了殃，福建少林要不是各方少林弟子救援得早，也不堪設想；此外，五虎彭門、天殘幫、烏衣幫、螳螂門也歸順權力幫，近日連鐵衣幫、恆山派也奉權力幫爲主幫，至於抵抗的中原鏢局、黃山派、血符門、潛龍幫等，中間派的全給吞滅了！」

左丘超然變色道：「由此看來，權力幫確想號令天下，獨霸江湖了！」

馬竟終長歎道：「正是。而今武林公推少林、武當二派，合力剿討權力幫，但屢遭破壞。南海劍派鄧掌門；唐家二位公子，這些日子留在桂林，也就爲了此事，與孟先生、蕭大公子等共商大計。」

邱南顧道：「那還等什？我們快去便了！」

馬竟終飛身上馬，黃土中留下他二道深深的鞋印，他又像釘子一般地穩穩騎在馬背上，道：「現在就走。」

鐵星月忍不住向邱南顧交頭接耳：「這人小的時候一定常常摔跤，所以現在步步都落地生根。」

邱南顧道：「就是呀，我看他外號該叫『釘子』才對。」

卻未料蕭秋水在一旁聽到了，微笑道：「不錯，我們都叫他做『釘子』，什麼人給他盯上了，一定逃不掉，什麼東西給他的手拎上了，一定溜不掉，什麼地方給他一雙腳釘住了，一定拔不掉。」

蕭秋水笑笑又道：「他是我們浣花劍派的九命總管，跟『夜狼』那班人搏鬥過，卻雖敗而不死；據說也曾與朱大天王交手過，亦傷而不死；在這樣的情形下還能活著的，只怕現存的只有他一人。」

六騎如飛，卻不是直接回臨桂，卻在臨桂城郊歇了下來，只聽馬竟終道：「這裡風景如畫，鶯歌燕舞，諸位何不吃杯清茶，再趕未完之路？」

蕭秋水苦笑道：「風景雖好，但歸心似箭呀！」

馬竟終卻微笑道：「我們不歇，馬兒也該歇歇了。何況，」馬竟終銳利的眼光也朦朧起來了，「我的家鄉就在臨桂。」

——古來征戰幾人回？

——一夜征人盡望鄉！

就算是最勇悍的將士，也有懷鄉念家的時候；「落地生根」，不到家鄉，又如何生根。蕭秋水等都明白了：——就算急如將令，但也該讓將士出征前，有辭鄉告別的機會啊。

——此去解劍廬之危，無疑是最凶險的一役，誰也不知道自己能不能再回到家鄉來。唐方宛然道：「馬先生，你的家鄉在臨桂哪裡？」

馬竟終笑道：「就在附近，這兒走過去，過橋就到了；」馬竟終歎了一聲又道：「拙荊也在家裡，知道我要回來，會燒幾道小菜；」望向蕭秋水等，舔舔乾唇，又道：「只不知道諸位……」

「喝茶！」邱南顧搶著道：「當然沒有問題！我口渴死了，其實喝酒更好！」

鐵星月悄悄加了一句：「有飯吃則更好！」

馬竟終微笑攬轡往木橋那邊走去，鐵星月、邱南顧二人又打打鬧鬧地隨騎而去，蕭秋水與唐方對望一眼——這兩個瘋瘋癲癲、神神經經的伙伴，是不是也懂得這一種感情，所以才搶著要走這一趟呢？

誰知道！

小橋，流水，人家。

住的地方是一棟木板屋，幾縷炊煙裊裊飛上了天，門打開來，是一青衣婦人，第一句話是：「你回來了！」

馬竟終說：「馬上就要走了。」

那婦人只震了一下，似又立即恢復了平靜，那一震裝飾得極好，不留意幾乎完全看不出來。目光向他們一瞟，淡淡地道：「我弄晚飯給你們。」

蕭秋水忙道：「不忙，我們吃過飯後才走。」

誰都看得出，馬竟終離家已久，這一次回來，竟又要走了。

他的妻子沒有問去哪裡，也沒有挽留，他們的不捨都化成了淡然，有一天，這樣一個黃昏裡，他去看她，看完了就走，甚至不知道，這一生還會不會再回來。

唐方的眼眸潮濕了：爲什麼不吃這一頓飯呢？一定要吃這一頓飯的。

青衣婦人返身到廚房去燒飯，晚暮灶間的柴火，吣啪吣啪染紅了她的青布的衣裳。

馬竟終一面招呼著，一面禁不住偷偷把眼睛瞄向廚房，在在都是關切之情。

「有沒有辣椒？」鐵星月忽然怪叫道：「嗳，有沒有生辣椒？我每餐沒有生切辣椒，就嚥不下飯！」

邱南顧也道：「對！對！馬老兄，麻煩你跑一趟，去廚房替我拿點生辣椒來，哎哎，遲些兒出來不要緊，只要我知道你一定拿得到就好了。」

蕭秋水也忙道：「是是是，我這兩位朋友脾氣古怪，特別麻煩，只好請馬先生跑一趟。」

馬竟終深深地望了他們一眼，沒有說話，大步走進了廚房。

廚房肉香正濃。

鐵星月向邱南顧擠擠眉，邱南顧向左丘超然弄弄眼，左丘超然向唐方點點頭，唐方向蕭秋水莞爾一笑。

這一笑真好。

好是好，可是肚子確是餓了。餓得很了。

廚房火光正熾，菜香正濃，鐵星月忍不住咕嚕了一聲，邱南顧皺眉道：「噯，恭喜恭喜！」

鐵星月沒好氣道：「恭喜個屁！」

邱南顧道：「恭喜你的屁路又變了！」

鐵星月奇道：「什麼變了？」

邱南顧道：「以前你放屁總是『砰噠』一聲，現在卻是『咕嚕』，以前像牛放屁，現在跟豬吃草差不多一樣……」

鐵星月沒好氣道：「胡扯八通，你才放屁，我是肚子餓了的聲音，誰說是放屁！」

左丘超然皺眉道：「你們每次吃飯前，才說這些煞風景的話啊！」

唐方低聲叱道：「別鬧，菜來了——」

數人同時回頭——真比遇敵時反應還快——只見馬大嫂端著兩盤熱騰騰的菜餚，玉蘭肥雞與五彩蝦仁，走了近來。

邱南顧怪不好意思地道：「也不是我們貪吃，只不過餓了些，其實嘛，遲一些兒也不要緊的，再遲一些兒也不要緊的。」

——肚子餓的滋味真不好受。

可惜他們只看到了菜，卻不曾注意到熱騰騰的煙霧後，馬大嫂愁傷的臉。

菜當然不止兩盤。

馬大嫂繼續捧上來的有清炒筍絲、螞蟻上樹、杏仁豆腐等等，蕭秋水當然已開始吃了，唐方忽然問道：

「馬夫人閨名可是字珊一，原複姓歐陽。」

馬大嫂正要轉身回廚房捧菜，不禁怔住，這時馬竟終正好從廚房出來，道：

「是。她就是當日在江湖上被稱爲『迷神引』的歐陽珊一。」

唐方笑道：「昔日名震黑白道上的歐陽姑娘而今竟成爲馬夫人了，也爲夫婿洗手作羹湯，倒叫我們失敬了。」

馬竟終看蕭秋水等已吃了近半，忽然沉聲道：「蕭少主，馬某該死，馬某若有對不起您之處，待來生做牛做馬，誓死以報吧。」

蕭秋水奇道：「馬兄何出此言？」

馬竟終慘笑道，「蕭少主，各位俠兄，唐姑娘，馬某此舉，乃情非得已，這菜中有『三日迷魂散』……」

蕭秋水忽然大叫一聲，伏地而倒。

邱南顧怔了一怔，也軟倒下去。

鐵星月大吼一聲，想站起來，卻連人帶桌仆倒下去，盤碟盡皆破碎。

左丘超然巍巍癲癲地站起來，終於又順著木柱，滑倒於地。

唐方愰了一愰，也摜在地上，問了一句，「你們，爲什麼……？」就暈迷過去了。

「爲什麼?」馬竟終慘笑道:「爲什麼?我怎麼知道!只怪你們不該與權力幫爲敵,我們哪有能力挑得起天下第一大幫啊!」

歐陽珊一一直咬著下唇,下唇白無血色,現在忍不住道:「竟終,你爲我這樣做,值得嗎?」

馬竟終一字一句道:「但我已經做了。」

歐陽珊一冷聲道:「我情願去死。」

馬竟終道:「妳不能死,妳肚裡已有了我們的孩子……我們這一代雖對不起人,就留待下一代去報答這份恩情吧。」

歐陽珊一顫聲道:「那你要把他們怎麼辦?」

馬竟終道:「送去權力幫在永福的分部。」

歐陽珊一道:「可是……可是他們有五人之多,怎麼送去?……」

馬竟終道:「裝載在馬車裡,不會有問題的。」

忽聽一人道:「那不是太麻煩了嗎?」

另一人道:「我們自己走去,既省時又省力,豈不更好。」

還有一人道：「更好，更好，可惜菜不能吃，不然邊帶著吃，唉呀我餓扁，餓壞了，餓死了！」

第一個講話的人是蕭秋水，第二個是邱南顧，第三個是鐵星月。

左丘超然是個連說話都懶的人。

唐方也微笑睜開了眼睛。

馬竟終看得眼睛都直了，歐陽珊一臉色都白了，忍不住問道：

「你們不是把菜吃下去了嗎？」

「能吃就好囉。」

「那個唐方未吃前總要用銀釵去探探，今天這一探，哈，探出個——」

「銀釵沒有變黑，倒是變灰，想不是劇毒，於是假裝倒下，看看你們怎樣——」

「那些菜啊，都吃到我們袖子裡去了。」

鐵星月與邱南顧兩人七嘴八舌地說著，得意非凡。

——從「躍馬烏江」故事裡蕭秋水等衝出浣花開始，唐方在進食前總用銀釵試探一下，在甲秀樓一役中，就是這樣。

——四川蜀中，唐門唐家的子弟，既會用毒，也會防毒，就算迷藥也一樣測得出來。

——就在歐陽珊一捧出兩道菜，又返身回廚房時，唐方立即用銀釵探了一探，這探了一探之後，大家都呆住了。

——他們決定假裝中毒。

馬竟終沒有說話，忽然出腳！

一腳踢飛桌子，飛撞鐵星月！

回身一推，把歐陽珊一推出門，大喝一聲，道：「快逃！」

接著拔出利刃，往腹中就插，一面大叫道：「要保住我們的孩子！」

要不是事出猝然，要不是馬竟終顧著大叫那一句話，才一刀插下，馬竟終的自盡便要成爲定局了。

但就在馬竟終大叫的刹那，左丘超然的雙手已刁住了他的手腕。

馬竟終的利刃便插不下去——既給左丘超然的一雙巧手纏上，任誰也掙不脫的。

沒料歐陽珊一沒有走，卻衝回來大叫道：「竟終，要死，我們一齊死——」

那面桌子「砰」地撞上鐵星月，「噠」地碎裂，鐵星月卻似沒事一般，虎地站起來，雷霆一般地吼道：

「不准死，統統不准死！」

「正是。」蕭秋水緩緩道：「我們有話好說。」

沒有說話。

左丘超然再也沒有抓住馬竟終，因爲他知道馬竟終絕不會逃的。

馬竟終也不是不敢跟他們交手，而是心中在歉疚，所以根本不會動手。

誰都看得出來，馬竟終夫婦這樣做是有難言之隱的。

大家都不願意去強迫一對有苦衷的患難夫妻。

馬竟終夫婦在長凳上對坐著，蕭秋水等五人倒一直都是站著，暮色已靜悄悄地在外面四合、降臨。

終於還是馬竟終先說話了：

「我情願死，不希望你們原諒。」

蕭秋水一本正經地道：「我們不原諒你，除非你講出主使你的人是誰，我們要去對付他。」

左丘超然一向沉靜，而今卻忽然道：「對！我們一齊去對付他！」

馬竟微吃一驚，茫然道：「我們……我們一齊去對付他？」

唐方靜靜地看著他，道：「生爲浣花人，死作浣花鬼，你不是說過嗎？今天的事，是你一時糊塗，我們還是把你當作浣花劍派的好漢，當然一塊兒去對付權力幫！」

馬竟終想著想著，忽然哀歎一聲，道：「我知道你們想原諒我，可是我不能原諒我自己。」

歐陽珊一忍不住掛下了二行清淚：「我知道，他做的一切都是爲了我。本來權力幫要他趕殺你們，不然就要把他給毀掉，可是他不答應！」歐陽珊一淒然道：「可是權力幫卻說要殺我，他就不敢不做了，但不忍下毒，只敢下迷藥……」

唐方歎道：「便是迷藥。要是毒藥，我們也不會這樣待你。」

蕭秋水道：「權力幫的威嚇，你爲何不告訴我大哥，或者孟先生？他們自然會出主意，替你想辦法的！」

馬竟終木然道：「權力幫人多勢眾，我……我實在沒有勇氣告訴孟先生……就算孟先生的身邊，也有權力幫的人，更何況……何況珊一肚子裡，已有了我們的孩子……」

馬竟終說著，眼光望向歐陽珊一，歐陽珊一垂下了頭，兩人的眼兒，雖沒有相觸，但卻柔情無限，淒婉無盡。

——江湖流浪的好漢，悽風苦雨的夜晚，既有了溫暖的家，既有了心繫的人，又何忍放棄？

——何況已有了下一代，一切都有了生機！

——誰忍自己的任意來斲傷下一代的新芽！

——更何況是馬竟終，他歷過了「夜狼」的惡戰，在朱大天王手下逃過性命，更知道生命之可貴！

——落地生根，一旦給他落了地，他再也不願被連根拔起了。

——唐方不禁暗暗歎息。

「有什麼了不起！」鐵星月一拳搥在桌子上，「權力幫的什麼『九天十地，十九人魔』，人魔中的孔揚秦、沙千燈、閻鬼鬼，就是給我們宰掉的，他們有什麼了不起？惹不得的？」

馬竟終慘然道：「你們殺掉……」

蕭秋水淡定地道：「正是。剛才你說孟師叔身邊也有權力幫的人，究竟是誰？」

馬竟終咬了咬口唇，道：「康出漁和辛妙常。」

蕭秋水訝然道：「康出漁回來了嗎？」

馬竟終道：「他昨天已到桂林，就是他要我去『接』你們的。」

左丘超然恨聲道：「就是他！要不是他假裝中毒，伺機謀殺唐大俠、蕭大伯、張前輩的話，我們早已穩住了成都劍廬的大局。」

馬竟終詫異道：「原來他是自四川回廣的！」

蕭秋水道：「辛妙常就是辛虎丘的女兒，但辛虎丘已在劍廬中爲大伯所殺，不足爲患。」

馬竟終舒了一口氣道：「辛虎丘已經死了？」

唐方微笑道：「正是。你瞧，權力幫並不是無敵的，不但辛虎丘死了，連華孤墳也死於浣花劍派的大門口。」

馬竟終呆了半晌，蕭秋水道：「現在辛妙常還在桂林浣花劍派中嗎？」

馬竟終點頭。蕭秋水叫道：「不妙！孟師叔不知辛虎丘是權力幫的臥底一事，更不知康出漁是大奸大惡的小人，我們要現在就稟知他！」

邱南顧道：「康出漁在哪裡！這老小子那麼可惡！我們不如先把他逮著，送交孟先生嚴懲，豈不更妙！」

馬竟終一躍而起，竟也英風爽朗道：「我知道他在哪裡，我可以帶你們去！」眼光一瞥向歐陽珊一，竟也流露出一種傷感，剛剛起立的身子就要坐下來，歐陽珊一泣訴道：

「竟終，你不要管我，要做的事，就痛痛快快地去做。只求你不要離開我，讓我跟你一塊兒去。」

馬竟終跺足歎道：「不成不成，那裡危險，妳又有了身孕……」

唐方忽然平靜地道：「馬兄，我會照顧歐陽姐姐的。」

馬竟終望著唐方清澈如水的目光，喃喃地道：「我，我……」

鐵星月實在看不過眼，罵道：「男人大丈夫，娘娘腔的幹什麼？要打，打個痛快——」

邱南顧接口罵道：「要罵，就罵個痛快！婆婆媽媽的，是真英雄豪傑怎可如此娘娘腔的！」

鐵星月忍不住破口大罵：「想當年，你單身鬥夜狼，當時江湖上比你響噹噹十倍八倍的人都不敢去惹他們，你卻敢一人挑戰。朱大天王橫行長江水道，你居然以一招『落地生根』，硬釘著船板不栽下江中——這等豪氣，了不起！沒料今日一見，王八蛋！——」

邱南顧想想不甘心，搶著又罵：「昔年『迷神引』歐陽珊一，也是敢做敢爲的女俠，沒料今天卻成了負累！嘿！嘿！權力幫有什麼惹不得？我們已經挑了！惹了！有種就跟我們『神州結義』一拚，打出面武林中正義的旗幟來！管他個狂風暴雨！理他什麼橫霸天下！」

鐵星月禁不住又要接下去罵，馬竟終卻虎地跳上來，一腳踏在凳子上，一腳踢在桌上，大罵道：

「你們以爲你們都是英雄，別人都是狗熊？是不是？他媽的！要是我老馬今日不是爲了日後一點香火，才不懼什麼權力幫！你們無家無室的人，怎麼知道我老馬的難處？去就去！你鐵星月佢邱南顧敢去的，咪以爲我唔敢去，我講俾你知，去搵閻羅王嘅外母個度我都奉陪！」

馬竟終愈罵愈起勁，一張臉由蒼白罵得通紅，連脖子都粗了，罵到激動處，神采憤然，竟連廣西話也搬了出來，罵得好不痛快。

邱南顧、鐵星月二人呆了一陣，兩人對望一眼，突然一齊大笑起來。

邱南顧笑著道：「有種有種，跟我鐵口邱南顧有得比！」

鐵星月也笑著大力拍馬竟終的肩膀：「果然有豪氣！不虧我屁王鐵星月罵得你狗血淋頭，識罵人者重罵人，罵得好！嘿嘿，罵得好！」

兩人不怒而笑，令馬竟終大爲驚訝，方才知道邱、鐵二人有意要激怒自己，不禁爲自己的失態赧然，的確剛才激起來的怒罵恚斥，意氣風發，正是自己昔日本色！

歐陽珊一道：「竟終，躲著縮頭當小人，不是你我所為，何不痛痛快快拚一拚，我要我的孩子為他爹而驕傲，如果不死，是咱們賺了；萬一死了，也樂得做同命鴛鴦！」

唐方柔聲道：「嫂夫人的話說得好，馬兄，不要負了嫂夫人的心意啊。」

蕭秋水微笑道：「馬兄，寧鳴而死，不默而生！」

馬竟終猛地發出一聲沖天長嘯，道：「好！權力幫！咱們不死不休！我帶你們去找康出漁！」

「康出漁在哪裡？」邱南顧即刻就問。

「在永福。」

「在永福哪裡？」鐵星月睜大眼問。

「跟『威震陽朔』屈寒山一齊喝酒！」

「威震陽朔!?」

「屈寒山!?」

二 四絕一君

「威震陽朔」屈寒山，不只是威震陽朔，簡直是威震廣西，甚至可以說得上威震武林。

江湖七大名劍，連蕭西樓驚人的名氣，與他一比，都要矮了半截。

屈寒山是武林宗主，也是廣西武林的領袖，廣西正統武林的第一人，他的劍法，據說可以以一人之力，仍可與武林七大名劍打成平手。

屈寒山為人沉著練達，公平持正飲譽天下，廣西武林中，已鮮少人像他一般術德兼備、文武合一的宗師了。

屈寒山七歲練劍，迄今五十七歲，足足練了五十年的劍，可以算得上一劍光寒四十州，近十年來，已鮮逢敵手。

在聲譽、武功、實力上，唯一可與屈寒山平分秋色的，恐怕只有廣東「氣吞丹霞」梁斗！

有屈寒山在，蕭秋水等人的眼睛都亮了！

屈寒山打從權力幫建幫之始，已經是敵對，而權力幫也確認爲其頭號大敵，便有屈寒山、梁斗二人。

屈寒山一定不知道康出漁其實是權力幫中「九天十地，十九人魔」中之一。

正如蕭西樓、孟相逢等不知道，康出漁是臥底、是奸細。

找到屈寒山，就可以打擊康出漁！

馬竟終道：「屈大俠設宴在『一公亭』，我可馬上帶你們去，因爲本來我若逮得著你們，也要送你們到那兒去，交給康出漁。」

鐵星月、邱南顧的眼睛更亮了，能見到廣粵大豪屈寒山，實在是一件令人興奮莫名的事！

「一公亭」就是「天下一大公平」的地方。

這「天下一大公平」的橫匾是長十四尺，每字佔約兩尺，題字的人簽章，金漆龍舞，就懸掛在「一公亭」樑柱之上。

「一公亭」，任何人來到這裡，會武功的，不會武功的，富貴的，不富貴的，都一樣公平待遇。

你就算皇親國戚，來到這裡，也是一樣，因爲這兒是廣西屈寒山的地方。

嶺南兩廣，只有兩個這樣的地方，一個就是屈寒山的「一公亭」，一個就是梁斗的「自量台」。

「一公亭」內，確有許多人在喝酒宴樂，一張大圓桌子，足足坐有十二個人。

無論是誰，從燈火輝煌中望進去，第一個望見的，總是一個碩長、黑鬚、臉帶微笑、雙眉斜飛入鬢的老者。

這不是因爲他坐在居中，面向亭外，而是他從容的氣派，一方面可以參與喧鬧中毫不礙眼，另方面卻自有遺世獨立的意態，令人第一眼就看到了他。

而且看了第一眼後，足想看第二眼，看了第二眼後，更想看第三眼，看著看著，竟會給他的風度所吸引住了。

而他背上、腰間，身上到處都沒有劍。

威震陽朔的「一劍光寒四十州」的屈寒山，居然沒有佩劍！

蕭秋水等人雖沒有見過屈寒山，但是一眼就可肯定他就是屈寒山。

當他們看到屈寒山身邊的人，就忍不住想衝過去把他揪出來。

那人在談笑風生，又一副正義凜然的樣子，不是康出漁是誰！

康出漁身邊那個人，鐵星月一見，便忍不住衝出去了，他想立即衝出去把那人的鼻子打扁，叫他以後再也不敢出賣朋友。

那人正是康劫生。

所以鐵星月就立時衝了出去。

他做夢都想不到這圍酒席坐著的是些什麼人。

蕭秋水一把抓不住他，鐵星月已衝了出去，眼前一花，「砰」，鐵星月已打中康劫生鼻子一拳，酒菜翻飛，鐵星月跨桌而去，又想再加一拳。

鐵星月的拳快，他的拳可以打中飛行中的蒼蠅、蚊子，也可以一拳打碎一塊硬石。鐵星月的拳極爲有力。

鐵星月自負沒有人能接得住他的神拳。

但他也眼前一花，右拳已被人一手拿住。

這還得了？

鐵星月「呼」地又打出左拳。

那人一刁手，又扣住了他的左拳。

鐵星月的左右雙拳，可以開碑裂石，但落到此人手中，猶如石沉大海。

鐵星月此驚非同小可，只見一人，白衣寬袍，精悍短小，猛想起一個名字：

「江易海」！

江易海！

「五湖拿四海」的「九指擒龍」江易海！

也就是《躍馬烏江》故事中，四川成都劍廬觀魚閣前，唐方轉述唐柔告訴她左丘超然之大敵：江老爺子！

左丘超然乃天下第一擒拿手項釋儒與鷹爪王雷鋒的唯一嫡傳門徒，十五歲時已以一雙手，擊敗黑道上鼎鼎大名的「鐵環扣」佟振北，但有一次遇上這「五湖拿四海」，左丘超然不敵，給拿拏住了，要不是及時放了一個臭屁，臭不可當，逼得江易海退開，左丘超然恐怕就在那一役中給廢了。

沒料江易海也在座中！

鐵星月當然也聽說過這件傳說，急中生智，大叫一聲：「你再不放手，我就要放屁了！」

江易海是一個向有潔癖的人，一聽此語，大吃一驚，趕快鬆手。鐵星月一旦得脫，虎地飛上桌面，雙腳一陣亂掃，把菜盤都掃落地上，居高臨下，四周一看，只見康劫生掩著口鼻緩緩站起，江易海遠遠地盯著他，其他的人都離開了桌邊，只有一人，安詳地坐在原來的位子上，微笑地看著他，好像什麼事情都沒有發生過似的。

鐵星月歪歪頭，看看他，招呼道：

「你好！」

那人笑笑，也道：

「你好！」

鐵星月問道：

「你是誰？」

那人笑道：

「我姓屈，草字寒山。」

鐵星月笑道：

「哈哈哈！你就是屈寒山，一定能屈能伸，耐暖耐寒！」

這幾句話，簡直匪夷所思，也不知鐵星月的小腦袋，怎麼會聯想到那裡去了？眾人都按捺不住，屈寒山卻依然笑道：

「你又是誰？」

鐵星月認真地道：

「我叫鐵星月！」

屈寒山搖搖頭道：

「沒聽說過。」

鐵星月怒道：

「鐵星月啊！鐵星月你都沒聽說過，就是那個潮州屁王鐵星月啊，跟那個福建鐵口邱南顧齊名的呀！」

屈寒山呆了半晌，道：

「還是沒聽說過。」

鐵星月罵道：「小邱，小邱這廝沒聽說過我的大名，那一定不認識你了，真是孤陋寡聞……」

屈寒山不笑了，道：

「你在桌子上，要不要下來？」

鐵星月只覺一陣寒意湧上心頭，趕緊道：

「等一下才下來，現在不下來較安全，有什麼事？」

屈寒山淡淡地道：

「因爲有個問題，要請教你，你若要下來我就等你下來才問，你若不要下來我就現在問。」

鐵星月一昂首道：

「那你現在問吧！」

屈寒山冷冷地道：

「你和你的朋友，事先完全沒有通知，就潛入了『一公亭』，而且還闖進筵席來，一拳打傷了我的客人，踢翻了我的菜餚，更站在我吃酒的桌子上，踩碎了飯碗，要我抬頭跟你說話——」

屈寒山頓了一頓，一個字一個字地道：

「所以你最好給我一個公平的交代；——否則，你也會受到公平的禮待，我會打扁你的鼻子，把門牙嵌在你的額頭上，教你把耳朵掛在眼蓋上，你——相不相信？」

鐵星月相信。

鐵星月活到二十二歲，從來沒有怕過什麼人來。

他在韓州江上，殺過鱷魚；景陽岡上，踢過老虎；更在京城大道上，揍過仗勢欺人的四品大官。

這些他都沒有怕過，甚至與武功厲害過他數倍的高手如閻鬼鬼等交手時，也沒有感到絲毫的害怕。

但是屈寒山說了那句話後，他卻感到一陣寒意，籠罩了心頭，他著實感到害怕，就算是現在屈寒山恢復了笑容，他還是抹不去心中的驚懼。

他一時說不出話來，幸虧這時蕭秋水已衝了出來。

蕭秋水躍出來之際，其他一旁的人正在紛紛喝罵鐵星月：

「哪來的莽夫！敢在『一公亭』鬧事！」

「一來就打人！你這小子欠揍啦？」

「誰敢對屈大俠如此不禮貌，活不耐煩嗎？」

這些人七嘴八舌的在說話，只有一個人平平淡淡的講了一句話，就比這些聲音都有力量。

「三十年來，沒有人敢對屈大俠如此；屈大俠只要一句話，老夫一定第一個出來。」

這個人把話這麼一講，無疑已判了鐵星月的死刑。

講話的人是「觀日劍」康出漁。

他對自己兒子被打的事一字不提，卻變成為屈寒山不平而戰。

蕭秋水知道一切都在逆境之中，他即時說了一句話。

「屈大俠！我這位鐵兄弟之所以這麼魯莽無禮，皆是因為這康出漁所害！」

這一句話一出，大家都靜了下來。

康出漁盯著蕭秋水，長髯無風自動，冷冷地道：

「你既然挑上了我，我只好奉陪了。」說著返手，緩緩拔出了劍。

觀日神劍，一個人在勞山觀了十年日出，十年日落，才創出來這一套與傲陽齊平的劍法，正是眾人都渴切要見識的。

觀日神劍，豈是這個乳臭未乾的小子所能抵受得了的？眾人心中都是這樣想。

忽聽一個聲音道：

「慢著，是怎麼一回事，也讓他說說。」

說話的人是屈寒山。屈寒山這麼一說，康出漁的劍便拔不出來了。

蕭秋水忙長揖，向屈寒山行大禮拜道：「晚輩浣花蕭秋水，拜見屈老前輩。」

屈寒山笑道：「快別多禮。西樓兄可好？還有亭外的小弟妹們，也請一起現身進亭吧！」

——蕭秋水臉上一熱，知道原來屈寒山早已覺察亭外有人，甚至連來人的年齡也知道了。

唐方、左丘超然、馬竟終一齊現身。

屈寒山道：「這位姑娘，步法最輕，看來又是暗器高手，可是近日江湖中以輕功見長的唐門女俠，唐方姑娘？」

唐方粉臉飛紅，抱拳揖道：「晚輩唐方，拜見屈大俠。」

屈寒山笑道：「另外一位，想必是蕭少俠的至友，項先生與雷老兄的高足左丘少君了；還有一位，腰馬沉穩，不知是不是馬老弟？」

屈寒山憑步法就把唐方、馬竟終的身分認了出來，鐵星月聽得心裡一寒，馬上就從桌子上走下來，恭恭敬敬向屈寒山行了一個大禮，道：

「屈老爺，待會兒您要不要殺我都沒關係，但您俠名蓋世，虎威震天，我老鐵是知道的，剛才對不住，現在來向您行個禮，賠個不是，待會兒您還是打我，也沒關係，我賠禮不是叫您待會兒不要打我，這點您記清楚了。」

蕭秋水怕鐵星月又胡亂說話，忙接著道：

「屈前輩，適才的事，確是小輩等不識禮節，魯莽無規，前輩待會兒要處罰我們，我們當然聽命，只不過這件事的起因，的確是因爲這位康神魔……」

康出漁變了臉色，怒道：「胡說！——」

屈寒山卻揮了揮手，道：「怎麼回事？說下去。」

蕭秋水立即便道：「康出漁是權力幫派出來的奸細！」

這一句一出，大家都怔住了。

康出漁怒道：「你含血噴人！我搏殺權力幫，與武林同道抗暴時，你還沒有拔劍之力呢！」

旁邊一名中年人，一身黃袍，臉容陰霾，手上都戴著一輕薄的手套，道：「屈公，我認爲對這種信口雌黃的無知小兒，確無必要聽下去。」

「九指擒龍」江易海也道：「聽他胡說下去，只是詆毀了康先生的人格。」

屈寒山點點頭，道：「蕭少俠，這種指認權力幫的事，不是可以道聽途說的，除非你有證據，否則不可以亂講。」

蕭秋水急道：「屈前輩，事實確屬如此。康先生原在四川成都浣花劍廬，權力幫來襲，家父、康先生與唐大俠，朱大俠都共同抵禦，而他卻是臥底，暗殺了唐大俠、大伯和張前輩！」

屈寒山目中神光暴射，道：「此事當真？」

屈寒山身側一名獨腳持鑌鐵杖大漢卻道：「不見得，權力幫圍攻蕭家劍廬一事，怎我不曉得？當今武林同道也不曉得？而我昨天才從桂林浣花劍派出來，他們也無絲毫所聞，難道就只蕭少公子一人知道？」

那黃衣戴手套的漢子在一旁又加了一句：「究竟他是不是蕭秋水，都很成問題。」

康出漁忿然道：「他倒是蕭秋水，如假包換，但他是浣花蕭家最不負責任、散漫胡鬧、不識尊卑的傢伙，西樓兄對這個劣子也頭痛得很！」

蕭秋水怒道：「你人臉獸心，謀刺不遂，家父與朱大俠饒你不殺，你還有面子說我——」

那黃衣大漢怒叱道：「你是什麼東西？敢在這裡對康先生如此說話！」

鐵星月忽然道：「你又是什麼東西？敢在這裡對老大這般無禮！」

黃衣大漢「嘿」了一聲，道：「我是『暗器三十六手，暗樁三十六路』屠滾，你聽說過嗎？」

蕭秋水等一聽，都倒抽了一口冷氣，鐵星月卻未聽過，照插說道：「屠滾？屠豬屠牛屠羊倒是有聽說過，屠滾是什麼東西？」

屠滾大喝一聲，屈寒山卻一擺手，屠滾強自忍下，鐵星月逕自道：「你窮叫什麼？你以為我怕你呀？小邱，怎麼你還不快過來，一齊來跟這屠滾蛋對著罵！」

蕭秋水卻一把拉走他，低聲疾道：「切莫如此！我叫小邱保護馬大嫂，不准出來；這人是屠滾，暗器與佈陣皆是一絕，功力絕不在唐大俠之下，切勿在此時招惹他！」

鐵星月忿忿道：「我就是看他不順眼！我就是看此等人不順眼！」

一中年文士輕搖摺扇，道：「蕭老兄的劣子，我倒是聽說過。」摺扇霍地張開，上書「天馬行空」四字。

屈寒山沉吟了半晌，道：「蕭少俠，你對康先生的指責，要有真憑實據啊！」

蕭秋水道：「屈大俠，康出漁是權力幫的走狗，我和這位唐家姑娘，都可以證實。」

屈寒山看了看他們，終於搖了搖頭，歎道：「可惜你們太年輕了……」

——太年輕，也太沒有名氣了，這樣子講出來的話又有誰會相信？

蕭秋水急道：「屈大俠，請先把此人拿下，三日內，我可以請家父及朱大俠來辨明！」

中年文士摺扇一反，赫然竟是「天馬行地」四個寫得令人驚心動魄的字，冷冷地道：

「可惜我們不能因為你現在的一句話，就把康先生白白的留住三日。」

忽聽一人大聲道：「我可以證明！」

說話的人是馬竟終，他因緊張而連聲音都抖起來，但仍高聲喊道：

「我可以證明，他一直向我施威脅，昨天又使我謀害蕭少俠等，以俾成都浣花劍派危急之事不外傳，並以殺我妻兒來迫我就範。」

康出漁怒道：「胡說！」

在場中共有十二人，除屈寒山本人外，還有康出漁與康劫生，屠滚與江易海，以及中年文士與獨腳鐵杖外，還有五個人。

這五個人一直沒有說過話，插過嘴，而今一名灰衣老叟禁不住說話了：「屈兄，看來此事寧可信其有，不可信其無，審慎為重；這『落地生根』馬竟終的為人，我很清楚，想不致無中生有。」

屈寒山苦笑道：「我也如此想，多謝顧兄提起；」又向蕭秋水等道：「今日在場的都是武林名宿，我先來一一介紹。剛才說話的這位正是『落拓神叟』顧君山顧兄。顧兄身邊的四位正是武林中有名的『四絕一君』中的『四絕』：『掌絕』黃遠庸黃兄，『肘絕』姚獨霧姚兄，『拳絕』畢天通畢兄，『腿絕』文鬢霜文兄，這便是大名鼎鼎的『四絕一君』，蕭少俠、唐姑娘、馬兄弟敢情早已聽過？」

——蕭秋水等當然聽說過。

——「四絕一君」在十五年前就成了名，有他們在的地方，就有仇殺存在。

——「四絕一君」嫉惡如仇，殺戮甚重，爲人於正邪之間，行事十分乖戾，但仍著重江湖上「信」、「義」二字。

——「四絕一君」也是與權力幫勢成水火的，因爲顧君山、黃遠庸、姚獨霧、畢天通、文鬢霜五人，最看不起「權力幫」無義毀諾的作法。

屈寒山又笑向那中年文士介紹道：「想諸位一見他的摺扇，就知道他是誰了，他就是武林黑白二道聞名喪膽的『地馬行天』柳千變。」

——天馬行空。

——天馬行地。

——這種絕世的「天馬輕功」，只有柳千變一人會。

——更可怕的不僅是柳千變的輕功，而是他一柄專打人體三十六大穴七十二小穴的千變萬幻的摺扇。

屈寒山繼續道：「至於康先生與康公子，諸位早已熟悉，屠公與江老，你們也有照面了，而這位鑌鐵杖高手，便是廣西龍虎關口『獨腳鎭千山』彭九彭爺！」

那獨腳人皆齒笑道：「我叫彭獨腳，不必對我多禮。」

屈寒山朗聲道：「現在座中盡是武林英傑，今晚之事，不可以沒有一個公正之了決。」雙目神光暴射：「這幾位少俠，雖行事莽撞，但若有人臥底造假，更爲武林中人所不齒，所以我們也請康先生出來爲大家解說一番。」

這一番話說得鏗鏘有聲，震得眾人耳膜嗡嗡作響，一番話下來，康出漁的臉色甚爲難看，遲疑了半晌，道：「屈大俠，月前老夫多口，見蕭公子言行不檢，向蕭老兄告誡了幾句，因此惹蕭公子懷恨在心，也不一定……至於這位馬老弟，老夫根本就不認識他，叫我……」

只聽一個聲音冷冷地道：「只怕未必。」

康出漁猛回頭，只見說話的人是「肘絕」姚獨霧，怒問道：「此話怎說？」

姚獨霧沒有答話，「掌絕」黃遠庸卻接道：「不幸得緊，兄弟等昨天已到桂林，恰好看見康先生你與這位馬老弟在爭吵著，又恰好聽見你康先生拔出了劍，獰笑著說出那句：『你不答應？那你還要不要性命？要不要你妻子的性命？要不要你妻子肚子裡那孩子的性命？』其實，今日我們來找屈大俠，爲的就是要請屈大俠來處理你康先生這一樁子事。」

康出漁臉色陣紅陣白，屈寒山怒道：「果真有此事？」黑髯竟無風自動，飄飛而起。

康出漁卻一時答不出來，「落拓神叟」顧君山卻沉重地加了一句：「是君子、小人，我都不管，我最恨的是僞君子。」

這句話聽得蕭秋水心頭一熱，禁不住脫口想叫一聲：「好！」只聽屈寒山又道：「黑道白道這我也不管，古語：盜亦有道。我屈某人殺的是『無道之盜』！」

康出漁終於沉不住氣，喝道：「你們要硬迫我認，老夫無話可說，你屈大俠究竟要我怎樣？」

屠滾忽地站出來，就站在康出漁身邊，冷冷地道：「諸位也不要迫人太甚才好。」

屠滾這樣一站，他的雙手依然在背後，可是卻給人一種不寒而慄、毛骨悚然的感覺。

他身上沒有一柄刀、一把劍，甚至沒有半枚暗器，可是唐方卻深切地知道，這人一揚手間至少可以發出四、五種不同的暗器來，而且其中有二、三種是淬有劇毒的暗器。

連她也不知道該如何去接這些暗器；她希望唐大還在，可是唐大已經死了。

——要是唐朋在就好了，唐朋一向足智多謀；或者唐猛在也行，唐猛總會把他的敵手打到透不過氣來。

「拳絕」畢天通卻突然站出來，冷笑道：「屠滾，我也已經注意你很久了，近月來，你從湖北輾轉到湖南，再由湖南到江西，爲的是什麼？我們間關萬里的追蹤，到了福建，才抓到你的證據……」

屠滾臉色忽然脹紅，怒道：「你說！什麼證據？」

畢天通冷冷地道：「嘿！嘿！你在連城見到權力幫十九人魔中的余哭余時，開始亮出來的是什麼？」

在一旁的「肘絕」姚獨霧冷冷接道：「權力幫的血符！」

屠滾臉色大變，突然雙眉一震。

唐方急叫道：「小心——」

唐方是唐門的人，唐門是江湖上暗器第一家，她自然看得出屠滾要發暗器，而且發的是絕毒的暗器。

屠滾的暗器，絕不能接，連擅放暗器的唐方也絕無一絲把握。

但是畢天通突然衝上前去！

就在同時，屠滾的雙手就倏地一揚——

暗器不多，只有兩點藍芒。

唐方一見到這種暗器，臉色就變了。

這種暗器本來就是多的，愈少愈不容易發。

能夠一揚手發兩枚而已的，唐家年輕的一輩中，只有唐大、唐宋、唐朋幾人而已。

唐方本身就不能。

而且這種暗器不能接，不能沾，也不能擋，是暗器中的至毒。

唐方實在想不出畢天通如何閃躲。

畢天通沒有閃躲。

畢天通忽然擊出雙拳！

「咄」！「咄」！拳撞上暗器！

兩點暗器斜飛出去，隱沒不見。

畢天通的拳頭依然沒有收回來，直衝向屠滾。

蕭秋水心中一動，他好像見過這樣的拳路。

——朱俠武的鐵拳，無堅不摧的神拳！

屠滾怪叫一聲，驟然揚起雙手。

他用戴手套的雙爪要抓住畢天通的拳頭。

就在這時，一道急影掠起，掠起的同時，已到了畢天通身前，還沒看清楚這來人的身影，這人已「霍」地打向畢天通的死穴！

一柄合攏的摺扇！

畢天通全神貫注對付屠滾，怎避得開這如閃電的一擊？

便在此時，只聽一聲大吼！

一個人忽然衝了近來。

衝近來就是一記左肘！

肘沖使摺扇的「地馬行天」柳千變！

柳千變不及傷人，摺扇一開，「啪」，肘撞中摺扇！

柳千變臉色立時一變，那人又是大吼一聲，一記右肘又反撞而出！

柳千變立時不在那裡了，他猛退，翻身，觔斗，飄飛，落於丈外，那人一記右肘打了一個空！

但那人的左肘立時又到了，就僅背後長了眼睛一般，夾著一聲怪叫，力撞而至！

柳千變立時升空，「砰！」肘撞中圍牆，圍牆嘩啦啦地坍倒了一半，柳千變輕身落在那人身前，臉上已沒了笑容。

——那三肘要是有任一肘撞在身上，哪裡還有活命的可能？

——那人不是誰，正是「肘絶」姚獨霧！

柳千變發動的同時，獨腳彭九，也挾著一聲排山倒海的厲嘯，一杖向畢天通天靈蓋拍來。

——這一杖甫起，地上的碗筷被帶得齊飛，自動碎裂，這一擊，縱是鐵石，也得粉碎。

畢天通全力與屠滾對敵，當然避不開，但是一人立時飛了出來，一飛七八尺高，半空中竟對鑌鐵杖踢出兩腳！

兩腳踢在杖上；人影倏分。

「獨腳鎮千山」彭九依然獨腳而立，鑌鐵杖卻深入土中達兩尺餘，敢情是竭力使自己穩下來而運力於杖中，杖才深埋入土裡。

震飛的人是「腿絕」文鬢霜，他的足踝亦已深入土中。

康出漁大吼一聲，身前忽然亮起一枚烈日！

觀日神劍！

烈日的周圍掠起兩片雲！

兩片烏雲要遮天。

兩隻手掌飛快如蝶，翩翩於烈日間。

烏雲始終遮不住烈日，烈日也始終照不開烏雲。

「掌絕」黃遠庸的一雙手掌！

「五湖拿四海」江易海也想動，但是他發現一雙炯炯有神的眼睛正在望著他。

「落拓神叟」顧君山的眼睛！

顧君山緩緩地，緩緩地說了一句話：「你最好不要動。」

誰都知道，「四絕一君」中，乃以一君顧君山的武功最高。

江易海也真不敢妄動。

這邊的「暗器三十六手，暗器三十六路」屠滾大戰「拳絕」畢天通；「地馬行天」柳千變惡鬥「肘絕」姚獨霧；「獨腳鎮千山」力戰「腿絕」文鬢霜；「觀日神劍」康出漁苦戰「掌絕」黃遠庸；兩造雙方正殺得難分難解，把蕭秋水、唐方、左丘超然、馬竟終看得眼花撩亂，目爲之眩，連出手的機會也沒有。

三一 威震陽朔

從蕭秋水等伺伏亭邊，到鐵星月莽然出手，引起群豪不滿，到蕭秋水挺身指出康出漁身分，屈寒山出面調停，四絕一君指責康出漁，至與柳、屠、康、彭大打出手，只剩下一江易海，面對顧君山，遲遲不敢動手，真是瞬息數變，令人目不暇給。

顧君山冷冷睨了江易海一眼，即向屈寒山拱手道：

「屈兄請了。」

屈寒山忙欠身道：

「顧兄請說。」

顧君山歎了一聲，道：

「今日我等來貴亭叨擾，又先行出手，無疑是破壞了屈兄清規，真是罪過。」

屈寒山微笑道：

「顧君爲人，弟甚敬重，雖未深交，卻爲相知，顧兄不必多慮。」

顧君山歎道：

「屈兄豪俠，弟深感佩；屈兄與五羊城梁斗梁大俠，合稱『東西二俠』，但在廣西境內，人道是『廣西三山』，屈兄當知指的是什麼？」

屈寒山悠然道：

「若指名山，則是指柳象山、大明山與大容山，若指聞人，則指君山兄，濛江杜月山兄，以及兄弟我。」

顧君山點點頭，傲然道：「正是，雖月山兄已失蹤，但我們之所以能受武林人中同稱道爲『三山』，除我們的名號恰好都有『山』字外，更重要的是我們不作僞，不行詐，敢急人之難，仗人之義。」

——武林中一個稱謂，來自多少血汗，得自多少努力，絕對值得爲此而傲的。

屈寒山沉吟不語，顧君山卻激動了起來，道：「今日我之所以斗膽借兄之雅地剪除賊黨，一方面乃敬重『一公亭』之正義，一方面亦表達對屈大俠之崇敬。」

屈寒山哀歎道：「何敬之有？顧兄更爲一代人傑風範……只是，顧兄可知不曾殺錯？」

顧君山揚眉道：「絕不會。近三個月來，我們一直在調查這幾人的行蹤，我可以斷言的是：康出漁就是權力幫中『九天十地，十九人魔』中的『無名人魔』，柳千變就是『無影神魔』，屠滾就是『千手神魔』，彭九則是『獨腳神魔』，只剩下這江易海，亦是權力幫的人，身分地位尚未清楚而已，絕不會有錯。」

這時場中四對打鬥，都甚為激烈，然而卻未分勝負。

——蕭秋水等人眼裡看得清楚，心裡想得分明，屠滾、彭九、柳千變、康出漁等人的武功，絕不在自己父親蕭西樓之下，但黃遠庸、畢天通、姚獨霧、文鬢霜的武功，也與朱俠武相若。

何況還有尚未出手的屈寒山與顧君山。

權力幫這邊只剩下了江易海。

這個戰局誰都知道是穩勝的。

屈寒山喟然道：「沒有殺錯，那就好了。」

顧君山斷然道：「絕不會殺錯的，可惜我們還未找出他們在武林中的聯絡人，以及那手段殘毒的『瘟疫人魔』余哭余，否則一併殺了！」

屈寒山大笑道：「一併殺了，正是人生一快！」

說著雙目神光暴射，投向江易海。

江易海唬得心神一震，屈寒山長笑道：

「你就認命吧！」

身如大鵬，突然掠起！

江易海一面退，一面想要應對招架。

就在這一剎間，屈寒山的姿勢完全變了！

變得角度、高低、勁道、方向，都不一樣！

變得撲向屠滾與畢天通戰團來！

在同時間，屈寒山手中已多了一把寒光閃閃的寶劍，一劍刺進了錯愕中的「拳絕」畢天通心口。

就在畢天通發出一聲哀唬之聲，屈寒山已倒飛到柳千變與姚獨霧的戰團中，手中一閃，一柄精光四射的短劍已刺入「肘絕」姚獨霧的咽喉！

姚獨霧半聲慘嘶，一肘卻擊中屈寒山的胸膛！

屈寒山「砰」地撞飛兩丈，飛掠過一株小松樹，順手一帶，「呼」地又盪了回來，並即穩住了身形，哈哈一笑，那小松樹應聲而折，敢情姚獨霧瀕死一擊精力全部轉移到那顆樹上去了。

這時顧君山發出一聲尖嘯。

這聲尖嘯真是驚天動地。

屈寒山立時收了笑容，轉身面向顧君山。

正在此時，一公亭內忽然轟隆一聲，現出一個大洞，一條人影忽然自洞內飛出，撲向黃遠庸與康出漁的戰圍之中。

顧君山大喝一聲：「余哭余？」

場中人影倏分，黃遠庸跌出七八步，本來一張血氣紅臉，刹那間變白了。

顧君山挾著厲嘯掠起，彭九見有機可趁，挾排山倒海之力，一記「橫掃千軍」攔腰打到！

顧君山完全不避，依然衝出，砰然擊中，鐵拐卻變成半月形，顧君山已扶住跌退中的黃遠庸。

然而黃遠庸蒼白的臉色已在刹那間變成慘綠。

黃遠庸跌在顧君山懷裡，只掙扎說了一句：「……瘟……疫……人……魔……」

這一句一說完後，臉又呈暗灰色，抽搐了一陣，五官溢血，便沒有氣了，死時全身瘀黑之色。

顧君山放下黃遠庸，狂吼一聲。

這一聲狂吼，真是山搖地動，連「一公亭」也被震得搖搖欲墜。

那邊的「腿絕」文鬢霜，立時一輪快攻，迫退彭九，飛閃至顧君山身側，兩人對望一眼，一眼都是，老淚盈眶！

屈寒山還是站在那裡，隨隨便便地站在那裡，全身上下還似沒有一柄劍，但別人還可以知道他就是屈寒山。

不過不是「威震陽朔」屈寒山。

而是令人不寒而慄的屈寒山。

屈寒山還是沒有說話，但比說話還要可怕。

屈寒山臉上還是微笑，但比不笑還要深沉。

適才自洞內飛入的人是一名全身白袍的人。

這人長有一張大臉，就像發水饅頭一般，然而眼睛、鼻子、嘴巴都極小極小，跟臉部面積簡直不成比例，像偌大的卷軸中，都是空白，空白中點上淡淡幾點筆墨一般。

這人走到屈寒山身邊，恭聲道：

「屈劍王聖福。」

屈寒山微微點了一點頭，還是臉帶微笑。

若那白袍人就是「瘟疫人魔」余哭余，那屈寒山究竟是誰？

瞬息之變，使局勢完全轉易，但蕭秋水、鐵星月、左丘超然、唐方、馬竟終都猶如在五里霧中，看不清楚。

顧君山緩緩抬起了頭，銀髮紊亂，嘴角滲出了一絲血水；——他情急悲切下硬受獨眼神魔彭九一擊，畢竟受創不輕。

顧君山望向屈寒山，連眼睛也似滲出了血絲。

這個人，一舉手間毀了他三個十餘年來同生共死的兄弟！

屈寒山也望向顧君山，目中卻全無火氣。

顧君山白髮無風自動，切齒問道：

「你……你究竟是誰？」

屈寒山歎了一聲，惻然道：

「顧兄，實不相瞞，小弟就是權力幫中『八大天王』中的『劍王』。」

顧君山呆了一呆，雙目停滯，慘笑道：「好，好，我追查這一干人，居然就沒想到你，還借你的地方來……我竟然與你同列『廣西三山』！」

屈寒山唏噓歎道：

「顧兄何需如此悲觀……權力幫要用的是人才。」

顧君山嘿地一笑，道：

「屈兄真是風趣，先殺我三名兄弟，再來說這話……」驟然向身邊的「腿絕」文鬢霜低聲疾道：「我困住他，你走！」隨著一聲尖嘯，一掌把文鬢霜推了出去，人卻撲向屈寒山！

屈寒山一皺眉，道：

「這又何苦……」

顧君山再也不打話，手上已多了一支曲尺，瘋狂一般，點、打、掃、砸，力攻屈寒山。

屈寒山一面騰、挪、閃、避，一面笑道：「顧兄又何必太固執呢……」

原本高手相搏，怎有機會言語，顧君山似拚盡全力攻擊，屈寒山卻只閃不攻，仍有餘力談笑風生，其武功高低立分。

但屈寒山的話才到一半，下面的聲音便忽然聽不見了，顧君山曲尺的聲音忽然增強、增烈，猶如群鬼厲嘯，尖銳如裂，屈寒山的聲音便斷了，他的臉色也變了。

文鬢霜被顧君山一推之下，飛出丈餘，本可藉力退遠，但文鬢霜狂吼一聲，叫道：

「老大，我寧與你同生死……」

居然硬生生止住，再撲向屈寒山，就在這時，瘟疫人魔余哭余與九指擒龍江易海，已攔住了他。

文鬢霜那一聲大叫，聽得蕭秋水等熱血奔騰，鐵星月大吼一聲：「拚了——」鐵拳一揮，迎面來了一條人影，當頭一杖砸了下來！

來人正是獨腳彭九！

鐵星月拚出了豪氣，大叫道：「你來得好！我正要找你的碴！」

蕭秋水「嗖」地衝出，迎面卻來了一團烈日劍芒！

觀日神劍！

康出漁！

康出漁敢情已恨蕭秋水入骨。

馬竟終也沒有考慮，也衝了出去。

他眼前人影一閃，「地馬行天」四字迎面蓋來！

馬竟終強一吸氣，硬生生頓住，險險避過一擊！

來人正是「地馬行天」柳千變！

唐方見到的卻是千手屠滾。

唐方倒抽了一口涼氣，──屠滾卻對她笑道：

「聽說妳是唐家的女子弟麼？──妳只有兩條路走，一是乖乖聽我的，二是供給我試暗器用。」

唐方沒有答話，白生生纖細細的十隻手指突然彈出了十數度星花，直襲屠滾。

剎時間，屈寒山與顧君山、文鬢霜與余哭余及江易海，鐵星月與彭九，蕭秋水與康出漁，馬竟終與柳千變，唐方與屠滾，盡皆對上了。

顧君山的曲尺猶如狂風暴雨，不斷地襲打向屈寒山，屈寒山忽然手中一震，竟又多了一柄劍。

一柄極為平凡的鐵劍。

屈寒山大笑道：「對付顧兄，若用寶劍神兵，簡直是輕敵，顧君這便莫怪我用此凡劍了。」

——似屈寒山這樣的劍術宗師，寶劍反而成了累贅，因爲他本身能使劍好，所以根本不需要好劍才能發揮出來；對付姚獨霧等時，使的還算是利劍，對付顧君山，用的卻是凡鐵之劍。

——劍愈是平凡，一落在屈寒山手裡，反而更易發揮。

——一個真正好的劍手不見得一定要用好劍，一個非要好劍不可的劍手，不見得就是好的劍手。

——屈寒山一劍在手，又可以談笑自如了。

文鬢霜若與佘哭佘、江易海任一人單打獨鬥，都終不會落下風，可是以一敵二，則力不從心了。

「五湖拿四海」江易海只有九隻手指，他十年前有十隻手指，但那時他在武林中並不出名，直到他在十年前有一次用擒拿手拿住別人的兵器，那人力扳刀鋒，把他左手一根尾指削去後，他才真正地痛下苦功，去練好擒拿手、分筋錯穴法。

他也才真正地成了名。

「瘟疫神魔」余哭余更是可怕。

他所過之處猶如一場瘟疫，他人之毒，也可以由此想見。

他幾乎是完全碰不得的，他初加入戰團時，黃遠庸就是想打他一掌，但掌方觸及他的衣衫，便中毒跌了出去。

文鬢霜的雙腿自是無人能擋，但江易海牽制住他的馬步，余哭余的毒更防不勝防。

他暗叫要糟，這時場中忽然多了一個人。

左丘超然。

左丘超然一出現，即對上了江易海。

他以前是江易海的手下敗將，可是第一擒拿手項釋儒及鷹爪王雷鋒的嫡傳弟子，也不是好惹的，左丘超然至少暫時纏住了「九指擒龍」江易海。

文鬢霜即感壓力頓輕，全神貫注對付余哭余。

余哭余甚爲畏忌文鬢霜的雙腿，而文鬢霜也對余哭余的毒極爲顧忌，亦因彼此雙方間甚爲憚忌，一時相持不下。

只是那邊的左丘超然對江易海，論戰情只怕已難以再久持了。

鐵星月對上的是獨腳彭九。

彭九的鑌鐵杖，號稱九十三斤，加上他一掄之力，少說也有三百斤的力道！

鐵星月居然毫不畏懼，一伸手便去抓！

彭九心中暗笑：除剛才顧君山硬捱他一杖外，從來沒有人能空手抓得住他一杖，憑這小子也配？

在他矢志要一杖把鐵星月斃之於杖下之際，鐵星月卻真地抓住他的拐杖！

彭九一呆，鐵星月卻一拳飛了過來！

彭九百忙中一閃，險險閃過，一抬足，砰地踢在鐵星月胸膛上！

鐵星月一怔，因爲彭九獨腿，又如何出腳？

原來鐵星月一把抓住他的鑌鐵杖，彭九一抽不回，但彭九闖蕩江湖數十年，應變十分之快，奮力而起，一腳踢出，再行收回，穩落於地。

但是彭九心中，更是吃驚不已，原來鐵星月捱了他一腳，居然還挺得住，依然抓住他的鐵拐不放！

不放就是不放！敢情這小子是鐵打的不成？

殊不知鐵星月自己心知肚明，捱了那一腳後，胸口痛楚難當，但他更知道一旦鬆手，彭九的鐵杖只要得脫，自己就更退無死所。

所以他死硬挺著。

唐方也是。

她的暗器一發出去，屠滾便滾了進來。

屠滾的身法竟不是閃或躲，也不是進或逼，而是「滾」了近來。

唐方所有的暗器都打了個空。

唐方心下一凜，立時飛起。

唐方的輕功在唐家年輕一代裡是翹楚。

也幸好她飛昇得快，直到她急昇到七八尺高，才聽她適才站立的地方發出了兩聲輕微的「嗤嗤」之響。

那是幾近無聲，極其犀利可怕的暗器，所發出的聲響。

唐方再飄下來時，手心裡已捏了一把汗。

唐方再也不敢冒進。

她不知道下一輪暗器來時，她逃不逃得過屠滾的毒手。

可是她也不能退避，屠滾是大敵，她也不能把他讓給別的不懂暗器的弟兄。

那邊的柳千變，已變了三種步法，四種輕功，滴溜溜地圍著馬竟終轉著。

只要馬竟終有一絲疏忽，他就可以立時致他於死地。

他的摺扇隨時可以變成刀子，也可以變成利劍，更可以變成判官筆。

但是他隨即發現馬竟終並沒有像想像中那般好對付。

馬竟終最大的優點就是「定」，定得令人完全攻不進去。

而且馬竟終眼睛定定地盯著他，連眨也不眨一眼。

只要馬竟終霎一下眼睛，只要眨一下的剎那，他就至少可以擊中對手五次。

可是馬竟終從開始格鬥到現在，眼睛就像釘子一般，牢牢地盯著他不放。

柳千變不知道馬竟終的外號就叫「釘子」。

不過柳千變知道，就算釘子也會因日子久遠而腐蝕鬆脫，只要一旦鬆落，他就可以給對方致命的一擊。

他在等待機會。

蕭秋水不是第一次與康出漁交手。

他以前與康出漁交手過一次，那時有鄧玉函的南海劍法控制著他的中鋒，左丘超然的大小擒拿手牽制著他的後方，然後他以劍法逼他入死角，再由唐方用暗器招呼他。

而今卻是他一個人，用浣花劍法，力敵名列當今武林七大名劍，與他父親蕭西樓齊名的「觀日神劍」康出漁作生死鬥。

烈日愈熾，落花飄零。

蕭秋水已經不是仗著劍法支撐著，而是仗著他平日對各門各派武功的見識與悟性，拚死應付著。

好幾次他差一些被觀日神劍所傷，他用鄧玉函死前緊握的佩劍，險險應付過去，有幾次他差些兒喪命，還是覺得不是自己度過這九死一生大難，而是鄧玉函的劍魂在庇護著他化險爲夷似的。

一想到鄧玉函，他氣就壯了：

——玉函，我要替你報仇！

一想到鄧玉函，他就想起唐柔。

——唐柔，你死得好慘！

他想到他們，就想起昔日大家在「觀魚閣」練劍的情形，所談的話。

——鄧玉函論劍：辛虎丘那一劍，勝於氣勢，一個人氣勢練足了，劍勢也自然不凡；蕭伯伯那一劍卻勝於無處不成劍，無物不成劍，無事不成劍，於是也無可抵禦，無招不是劍！

——鄧玉函論劍：要出劍就要快，快可以是一切，快得你不及招架，不及應變，一出劍就要了對方的命。要出就要怪，怪得讓敵人竟想不到，怪得讓敵人招架不住，一出劍就殺了對方，對方還不知道是什麼招式。要出劍就要狠，狠得讓對方心悸，心悸便可以使對方武功打了折扣，就算自己武功不如對方，只要你比他狠，還是有勝算。

——蕭東廣向辛虎丘論劍：十一年前，我已知道練的不是手中劍，而是任一事一物，只要你心中有劍，皆成利器！

——還有蕭秋水自己論蕭東廣的劍法：活用了「浣花劍法」，用到每一事物、每一時機上去，甚至還加上了變化，但並不一定要自創一派。這一點讓我悟到，我們「浣花劍法」大有可為之處，是我們尚未悟到的，而我們平時太不努力、太不注意，太把劍與人分開而不是合一了！

蕭秋水一想到這些，他便融會於劍術之中，在這時候，他使出來的有正宗浣花劍法，必要時偶有變招，而且其中竟夾雜著他見辛虎丘、孔揚秦使出來的「三絕神劍」，甚至還隱含張臨意的「陰陽劍法」。這一輪劍法，令康出漁大為震驚，真是莫測其高深。這一陣苦鬥下來，也不知險死還生，獨創奇招幾次，遇了多少次生死大限，只是兩人功力相去太遠，康出漁的觀日劍法，乃勞山峰頂，觀日十年所得，其精純豈是蕭秋水僅以慧悟能勝！

所以蕭秋水常以突有所悟勉強支持，但遲早將被康出漁手上的這一輪紅日灼焦、烤乾！

就在這時候，戰局又變了。

屈寒山突然停手，足尖一點，飄出丈遠。

他手上的鐵劍已沒有了。

劍柄留在顧君山的胸前，劍尖卻在他背門露了出來。

屈寒山好像有一個癖好，一柄劍如果殺了人，他便不要那一柄劍，那劍便與殺死的人，連在一起，死掉、埋掉、掩滅掉，無論是多好的劍，他都一樣。

他認爲一柄劍只要殺過一人，殺氣便全消了，已稱不上是劍。

——他可有否想過自己的一雙手，曾經殺過多少無辜的人？

顧君山捂著胸口，搖搖顫顫，吃力地望著他。

屈寒山笑道：「顧兄，我早已說過，你又何苦……」

顧君山突然狂吼一聲，拔地而起，曲尺直劈身後「瘟疫人魔」佘哭佘的「天靈蓋」。

佘哭佘本與文鬢霜對峙著，這一尺乃顧君山瀕死一擊，氣勢何等威壯，佘哭佘大叫一聲，飛閃七尺，仍被尺風襲中，一隻右手痲痛得抬不起來！

文鬢霜痛喊一聲：「老大——」

顧君山落了下來，鮮血已染紅了衣衫，喘聲道：「快逃——」

文鬢霜淒聲道：「我不逃——」

顧君山怒道：「你若逃不出去，誰來揭破這魔王的祕密——」

文鬢霜一聽，一震，一抬頭，屈寒山雙肩一聳，雙足不動，卻已閃到身前！

顧君山的身子突然直直挺起，夾著一聲怒吼：「快走——」曲尺力劈屈寒山！

屈寒山沒有閃避，也沒有招架，只是在忽然之間，一揚手，把顧君山胸中的劍猝然拔出來！

這一劍拔出來，血狂噴，顧君山聲嘶而絕！

文鬢霜大吼一聲，一切都忘了，雙腿如電，向屈寒山踢了出去！

然而顧君山臨死前的幾句話，卻打進了蕭秋水的心坎裡：

——你逃不出去，誰來揭破這魔王的祕密！

——我逃不出去，如何傳達浣花劍廬的警訊！

蕭秋水再也不顧一切，一口氣攻出三劍！

這三劍全無章法，康出漁立即把握時機，用內力渾厚的觀日劍法，震飛蕭秋水的劍！

但是蕭秋水在劍未被震飛前已鬆手，這一下乃康出漁始料未及，因一個劍手乃當他自己手中劍爲生命，尤其在這生死一線的關頭，怎可以隨便棄劍？

所以康出漁用力一震，反而把蕭秋水的劍震飛激射，目標是自己！

——練的不是手中劍，而是任一事一物，只要心中有劍，皆成利器！

——棄劍亦是用劍之法！

這下離得極近，劍勢又來得甚快，康出漁真是唬了一跳！

但康出漁畢竟名列七大名劍之一，這名頭豈是虛得，他的身形立時飛退，劍鋒一直激射，他一直飛退，雖不及往側閃避，但飛出十餘尺後，劍勁不足，便落了下來，康出漁便一手撈住。

他臨危疾退，至少免去了蕭秋水的突襲！

他一旦得脫，大爲忿怒，恨不得馬上要把蕭秋水剁成肉醬——可是蕭秋水呢？

蕭秋水已不在。

蕭秋水已在他避劍的一剎那，憑著他過人的智慧與反應，做了幾件破釜沉舟的大事。

蕭秋水用怪招迫退了康出漁，立即滾翻於地，一躍而起，撒出一把砂子，大叫道：「天毒地毒鬼毒神毒人毒絕毒大毒砂！」

這一把砂跟著大嚷，往千手屠滾面上撒了過去。

千手屠滾正是暗器之能手，懂得暗器的人，反而愈忌畏暗器，屠滾一見一團灰霧，而又從未聽過這種怪名字，不禁心頭一震，不敢用手去接，也不敢行險反攻，只好一連十幾個滾身，滾出丈外！

等到他滾出丈外時，砂子落地，他才知道那只是砂子。

那時他真恨不得把他所有的暗器都打在蕭秋水的身上！

——可是蕭秋水的人呢？

蕭秋水嚇退屠滾，即向唐方疾道：「衝出去！」

沒有多言，沒有解釋，然而蕭秋水話中的含意，唐方卻全然了解。

他們也像「四絕一君」一樣，要衝出去，不是一個衝出去，而是全部衝出去。

同時間，蕭秋水撲向江易海，唐方飛向柳千變。

唐方人未到，已打出暗器。

先打出三支飛燕稜，頓一頓，再打出四枚銀梭，停一停，又打出三隻紅蜻蜓。

柳千變原本正要向馬竟終猛下殺手，但背後風聲已到，他的身法立時急變，他的摺扇點打拍落銀梭，唐方已飛到馬竟終身旁，疾道了一個字：

「逃！」

那邊的蕭秋水忽然袪下身上的衣袍，自江易海頭上罩下去！

江易海本與左丘超然擒拿手相互糾纏著，左丘超然盡落下風，這一件衣袍罩來，江易海心中一凜，匆忙間不知何物，忙鬆手飛退，蕭秋水向左丘超然大叫了一聲：

「走！」

這一聲「走」，無疑也是向著鐵星月說的。

老大說走就走，不必置疑，一向都是鐵星月的觀念。

就算在戰鬥中，這觀念也無甚變易，只要老大也走，兄弟亦走，他自然也一樣走。

要是老大不走，或走不得，他卻是誓死不走的。

這一聲「走」傳入他耳中，鐵星月大叫一聲，打了一個噴嚏。

噴嚏帶著鼻涕，噴在對面彭九的臉上。

彭九本來已用鐵拐封死鐵星月所有的攻勢，而且隨時準備再踢出一腳——他不相信鐵星月還能受得住他再一腳！

那一個噴嚏，卻打得恰逢其時。

彭九幾時見過這種打法，更從未吃過這種暗虧，怒極狂吼，卻忍不住舉手抹拭。

這一鬆手之間，鐵星月用力一推，把他推出七八步。

彭九畢竟是獨腳的，手上力氣雖大，但獨腳畢竟是頂不住鐵星月的神力。

等他再穩下來時，鐵星月已經「走」了。

這些都只發生在一瞬間：屈寒山殺顧君山，文鬢霜含怒猛攻屈寒山，蕭秋水計退康出漁，嚇退屠滾，又唬退江易海，唐方逼退柳千變，鐵星月一個噴嚏，打走了彭九，都是片刻間的事。

蕭秋水、唐方、左丘超然、鐵星月、馬竟終五人一聚頭，尚未決定行動，那邊的文鬢霜已發出一聲慘叫！

他的左眼有血濺出。

屈寒山手裡又多了一柄金光熠熠的寶劍。

文鬢霜的腿會把彭九的拐杖踢曲，卻依然在片刻間傷在屈寒山劍下。

蕭秋水等馬上要決定一件事——

要救文鬢霜，就逃不出去！

這剎那間他們可以逃，但只要他們略一遲疑，那五大高手——瘟疫人魔余哭余，千手人魔屠滾，獨腳神魔彭九，鐵扇神魔柳千變，以及九指擒龍江易海——決不會讓他們再有再一次逃亡的機會。

可惜——可惜，可惜他們五人都衝了過去！

五個人衝過去時都在想：自己一個人衝回去就好了。

五個人衝過去時都希望：其他四人不要一起衝過來。

可是他們五人都不約而同衝過去：雖然他們跟文鬢霜並無交情，甚至連一句話也沒交談過，可是見死不救的事，就算打死他們這一群人也不會做的。

唉。

——要是他們還活在這個世界上，你願不願意和他們義結金蘭？

四　石室奇人

蕭秋水手中已無劍，一揚手，就打出一記「仙人指」。

——「仙人指」，原是少林古深禪師的絕技，在「劍氣長江」一文中，蕭秋水一開始就用「仙人指」來力敵「兇手」少年的「虎爪功」。

唐方一揚手，「嗤嗤」射出兩枚飛針。

這兩枚飛針細如牛毛，射向卻是屈寒山的眼睛。

要不是屈寒山，唐方也不致一出手便要廢他一雙招子。

馬竟終撲上去，一出手就是一記「落地分金」！

這一招是要把屈寒山與文鬢霜分開，只有分開了兩人，文鬢霜才有逃生的機會。

他自信這一招就算是純金，亦可以裂之爲二。

左丘超然一動手就是「纏」，纏住屈寒山，文鬢霜就可以逃了。

鐵星月更簡單，在文鬢霜中間一攔，然後就一抱！

他想把屈寒山抱住，抱住他，他就動不了，就那麼簡單。

可是屈寒山本身就是一把劍。

——哪有人用肉體去抱住一柄劍的？

文鬢霜雖然已左腿受傷，但他正竭力踢出右腿！

這一腿在狂怒中踢出，即踢向屈寒山心窩，半途一折，反蹴屈寒山鼠蹊！

這一刹那間，六人俱拚出了全力，攻向屈寒山！

「權力幫」作爲「天下第一大幫」，除「九天十地，十九人魔」外，就是「八大天王」。

——人王、鬼王、火王、水王、藥王、蛇王、刀王、劍王。

這「八大天王」，論輩份，論武功，都比十九人魔高出相當之多。

蕭秋水現在才知道屈寒山爲什麼是「劍王」！

這六人合擊，勢無所匹，然而屈寒山身邊卻突然出現六柄劍！

一劍切向蕭秋水雙指，一劍砸開兩枚細針，一劍挑向左丘超然手腕，一劍直劈馬竟終雙臂！一劍刺向鐵星月眉心，一劍反斬文鬢霜飛腿！

一剎那間，六劍把六人的攻勢全都封死！

六人立即收招，瘟疫人魔余哭余等已分五個方位，包圍上來，把他們的退路都封住。

蕭秋水大叫一聲：「走！」

——已無處可走！

——既一擊不能殺屈寒山，便絕不是他的對手，何況有「天馬行地」柳千變等！

——唯有走！

——但誰能在屈寒山與千手人魔屠滾等包圍下逃生呢？

——走？走去哪裡？

六劍一閃而沒。

誰也不知道屈寒山剛才連出六把劍，還是以一劍，使出六把劍的招式，只知道屈寒山現在兩手還是空空的。

——一個真正的劍手不是常常把劍揹在肩上的天涯流浪客，一個沒有多少年練劍經驗的人才會那般按捺不住的炫顯。

——正如一個真正的武林高手不同於一天到晚打擂台鬧事的地痞流氓。

——一個劍手出劍，往往只在絕對一剎那間。

——剎那間判決生死。

——然而剎那卻是他一生練劍的精華。

屈寒山手上依然沒有劍，但他本身就是一柄劍。

他站在那兒，比什麼都可怕。

在四面衝過來的敵人，更是人魔、厲鬼！

然而蕭秋水那一聲呼聲，卻讓人信任，讓人鎮定，讓人覺得大義無懼。

「走！」

連馬竟終、文鬢霜竟也不期然地，向著蕭秋水退的地方退。

蕭秋水退的地方不是向外，而是向內！

難道他是想衝入院中去？

然而院中把關的是獨腳神魔彭九！

彭九這一關並不易過，更何況院中還不知有多少敵人！

蕭秋水敢情是選錯了？

文鬢霜、馬竟終依然跟了上去。

然而屈寒山臉色變了——六人合擊屈寒山之時，他臉色絲毫沒變，而今臉色卻變了，吼了一聲：

「攔住——」

話未說完，蕭秋水等已不見。

蕭秋水沒有衝出去，而是衝入洞內！

蕭秋水一退入去，其他的人都立即鑽入洞內。

那洞口即是瘟疫人魔余哭余突擊黃遠庸時冒出來的地方。

柳千變的輕功最快，他第一個衝向洞裡！

這小洞口闊僅容一人擠身入內，柳千變才一進洞口，臉向洞裡，立時倒飛出來！同時間，「嗤」、「嗤」兩枚紅蜻蜓，自洞沿激射而出，饒是柳千變退身得快，左右兩頰也險險抹上一道紅痕。

柳千變的臉色變了；只要有人守住洞口，別人武功再高，要想進來，在擠身鑽入的情況下，是絕不可能的。

彭九大吼一聲，一杖砸下，「鋼登」一聲，星花四射，洞口依然，只聽屈寒山長歎一聲，道：

「沒有用的，這牢是用地母精英鐵所造的，本是用來關那杜老鬼的……」

蕭秋水不是跳進去，而是掉進去的。

他衝到洞邊時，將跳未跳的瞬間，還可以見到屈寒山變了臉色。

單憑這一下，蕭秋水就知道他這一跳沒有跳錯。

可是這一跳，因爲太急，而又沒有扶梯，蕭秋水是筆直落下去的，摔了個半跤，跟著下來又是左丘超然和鐵星月，三個人摔在一起，尤其鐵星月，又沉又重，把蕭秋水壓個半死。

幸虧洞口離地僅是一人上下般高而已。

另外三個人是落下去的。

文鬢霜武功較高，而且腿功稱絕，雖然一腿受傷，但還是穩落地面。

馬竟終外號「落地生根」，自是摔不倒。

唐方的輕功是最好的，她不但輕巧地點落地面，而且一翻身，倒射出兩枚蜻蜓鏢，迫退了剛要追趕下來的柳千變。

蕭秋水忽地跳起來，匆促地瀏覽了一下這個石室，只見石室深邃遠狹，延伸直入，曲折間不知有多深遠。

這時洞口傳來「嗤嗤嗤」幾聲，是獨腳彭九以鑌杖力擊洞口的聲音。

馬竟終疾道：「緊守洞口，或許有救！」

這時洞口又出現一個人。

千手人魔屠滾！

屠滾一至洞口，一甩手，打出三顆黑星！

然後他就要馬上跳下來。

只要他的暗器能逼開諸人，他一躍而下，落到地面，就不怕了。

蕭秋水等當然也知道這一點。

唐方一揚手，「蕭、蕭、蕭」，三枚紅蜻蜓，撞落三顆黑星！

但她已來不及阻擋屠滾！

就在這時，一人沖天而起，一腳飛踢屠滾額前！

屠滾此際雙肩已挾在洞口間，正想勉力擠進來，一見這天外飛來的一腳，觸目驚心，「颼」地往後縮了回去！

饒是他縮得快，左肩仍然捱了一下，熱辣辣地好生疼痛，「呼」地滾了開去！

他一離洞口，江易海已閃至洞沿。

誰都想在「劍王」前立功。

捉拿這一干人顯然是大功。

江易海趁屠滾失敗時力攻，是要蕭秋水等意想不到。

他一擠入洞口，卻與蕭秋水打了一個照面。

蕭秋水一出手就是「仙人指」！

江易海大驚，右手一架，左丘超然卻側進，雙手擰住他單手。

江易海想再伸進另一隻手招架，但因身子太胖，又擠不進去。

以雙手對雙手，江易海兩次擊敗左丘超然，但以單手對雙手，身子又被夾著，江易海可吃不消左丘超然的攻勢。

所以蕭秋水便一指打中了他。

「仙人指」鑿在眉心穴上。

江易海只覺天旋地轉，正在這時，鐵星月的鐵拳便已到了！

鐵拳如風，拳風如虎！

拳未到，江易海已臉無人色。

鐵星月的拳頭。

正在此時，洞口中江易海的身子忽地「颼」一聲，不見了。

原來有人及時往他後腿一拉，硬把他拉出來，免掉這拳頭炸臉之難！

拖他出來的人是屈寒山！

江易海心驚膽戰，宛若在鬼門關打了一圈回來，真是四肢都軟了。

暮色四合，夜色如洗，星光亮起晚寒。

瘟疫人魔余哭余見大家都曾試圖衝進洞裡去過，自己不衝，怕屈寒山不悅，於是也要硬著頭皮試試，只聽屈寒山冷冷地道：

「不必了，他們不出來，也是死定了，問題是……先把出口守緊再說。」

從洞口望過去，可以看見幾顆晚星。

天色顯然已經全黑了。

洞口的一點天光，然而洞外有多少隻餓狼？

蕭秋水歎了一口氣，馬竟終也歎了一口氣。

左丘超然看著他倆，忍不住也歎了一口氣。

鐵星月禁不著跳起來罵道：「你歎氣，他歎氣，左丘小子也歎氣，我就看不出有什麼好歎氣的！」說著竟也重重地歎了一口氣！

唐方忍俊不住道：「那你又歎什麼氣？」

鐵星月苦著臉道：「我是歎肚子餓了；那個死老馬給迷魂藥我們吃，害得我午飯沒吃，晚餐又打到洞裡來，吃個屁！」

蕭秋水動言道：「我歎氣就是知道你肚子一餓就要放屁。」然後向愁眉苦臉的馬竟終道：「他是歎老婆不在；」又向左丘超然道：「老二，你又歎什麼氣？」

左丘超然唉聲歎道：「看你們兩個歎氣，所以歎氣。」

鐵星月啐道：「胡扯什麼？不如去找東西吃，不然我就要放屁了。」

蕭秋水忙不迭道：「別別別——有話好說，屁是放不得的，太臭了，萬一把我們臭得離開這裡，誰守洞口？萬一他們都闖了進來，豈不糟透？」

文鬢霜忽道：「這裡讓我來守好了，你們去探看，小心這裡還有別的入口，免得著了他們的道兒。」

——在這裡這麼多人中，以文鬢霜的武功爲最高，他年紀大，也較沉著，守在這裡也是理所當然的事。

——而且文鬢霜最清楚的是，這幾個年輕小伙子，若不是爲了他，絕不會被困在這裡。

——就爲了這一點，就算叫他去死，他也不會怨言半句。

——何況自顧君山死後，他根本沒有活著的打算。

——他只求死，死，而能報仇。

——報兄弟之仇，被騙之仇。

蕭秋水望向文鬢霜，見他雙眼直勾勾地望著洞口，滿臉都是恨意，卻無一絲求生的欲望。

蕭秋水搖搖頭，忍不住道：「文前輩——」

文鬢霜一擺手，已不欲多談。

馬竟終忽道：「我也守在這裡。」頓了頓，又接道：「文前輩一人守這裡，是不夠的，多一個人好有個照應。」

蕭秋水、左丘超然還想發話，馬竟終毅然道：「我意已決，要不是我，你們今日就不會落在這裡，所以我守這裡。」

蕭秋水道，「這是我們強要你帶我們來的，是我們累你——」

馬竟終截道：「你們總要給我補償的機會——不必多說，我意已決——你們早去早回就好！」

「好！」蕭秋水不再多說。

地道很深，而且愈來愈狹窄，陰暗，走六七十步，才有一根火把，因地道內空氣甚爲稀薄，所以火苗也甚微弱不定。

蕭秋水、唐方、鐵星月、左丘超然與馬竟終、文鬢霜分手後，四人就一直身貼著身走。

地道忽然下陡，潮濕更甚，火炬似滅，內洞的幽暗中竟傳來隱約的呻吟與枷鎖之聲。

四人相覷一眼，猛地暗洞中傳來一陣吼聲，是虎嘯？是獅吼？炬火被一陣腥風襲得只剩一點藍芒，唐方不禁依向蕭秋水身邊近些。

蕭秋水低聲道：「小心，可能有異獸！」左丘超然道：「聽聲響不會太近。」唐方道：「小心戒備才是。」

鐵星月赫地一笑，拍胸膛道：「怕什麼！」

大步跨入下傾的幽道中。

正在此時，一道刀光如雪，飛斬而下！

這一刀之快，似猶在長刀神魔孫人屠之上！

這一刀之烈，更不在觀日神劍康出漁之下！

吼聲尚在百步之外，人一步踏入黑暗中，刀光就起！

這一下，不但粗心大意的鐵星月始料不及，連蕭秋水、左丘超然、唐方也應變莫及！

這一刀當頭斫下，眼看鐵星月就要被劈成兩半！

來不及閃躲，來不及對格，鐵星月居然一仰臉，一口咬住了刀鋒！

刀鋒冷，鐵星月一口可以裂石的鋼牙，也滲出了鮮血！

這只不過是一剎那間的功夫，唐方已發動！

「颼」地一枚飛釵，已射了過去。

黑暗中刀光一斂，急旋撞開飛劍，刀光一收，那人正在急退！

然而鐵星月已撲了回去，一把攔腰抱住了他！

那人大喝一聲，力交雙手，提高逾頂，一刀往鐵星月背門刺了下去！

可是左丘超然立即扣住了他的咽喉。

火摺子一亮，唐方把火摺往前一送，就出現一張凶神惡煞的臉孔。

在這刹那間，那暴烈的臉孔忽然嘴巴一張，用力一吹，「虎」地火焰暴長，直掠向唐方臉門！

女孩子最珍惜的就是一張容顏，唐方驚呼一聲，忙棄火摺，那人大吼一聲，一腳踢飛鐵星月，棄刀出肘，撞開左丘超然，蕭秋水及時出劍，劍鋒僅能在那人左肩上「嗤」地刺中一劍！

火摺子一滅，室內又異常暗黑，那人立即隱沒不見。

從遭暗算、扣刀、抱敵、唐方出手、蕭秋水出劍到那人吐氣噴火、衝出重圍不過是火光一明一滅的事，那人和鐵星月似已各在閻王殿上走了一遭回來。

那人失手被擒，似乎未料到會一刀失手，而被鐵星月所抱。

但那人隨即掙出重圍，其武功之高，亦絕不在彭九、江易海等人之下。

左丘超然緩緩地道：

「這地道裡還有權力幫的人，他是十九人魔中的『快刀地魔』杜絕。」

杜絕最絕！

杜絕自小家人被仇人殺光，寄養在恩人家裡，長大後學得一身本領，卻愛上了恩人的女兒，恩人不贊同這樁婚事，他便迷姦了那女孩子，殺了恩人全家。

從這一點，可見杜絕之絕。

殺人不留活口，斬草不留根，便是杜絕的手段！

「得而誅之」，是江湖上、武林中，仁人俠士對杜絕的恨之入骨。

杜絕卻有一身好本領，要來殺他的人，不但被他所殺，連被他所殺的家人親人，也不留活口。

所以江湖上沒有什麼人敢與杜絕作對的。

江湖上的好漢，縱不愛惜身子，也不敢把身家親友的命，全視作草芥。

故此杜絕猖獗一時，一直等到「眠月彎刀」楚楚令及廣州大俠梁斗也驚動的時候，杜絕才投奔權力幫的。

杜絕再絕，也不敢惹楚楚令，至於粱斗，名滿江湖，子弟之多，也非他一人所能頑抗的。

所以杜絕依附權力幫；有了靠山，他更加胡作非為了。

杜絕以快刀稱絕。

一刀絕命，用不著第二刀的杜絕，現在卻連刀也掉落在地上不顧了。

杜絕在，下面還有些什麼人呢？

怒吼聲與鐵鏈自地道深處傳來。

蕭秋水手心冒汗，但他仍平靜著聲調：

「地道裡只怕還有別的東西，我們且過去看看。」

過去看看就得小心杜絕，以杜絕的武功，一對一，四人是必敗無疑。

由於地道奇窄，四人分前後二批，鐵星月與左丘超然在前面，蕭秋水與唐方在後面，肩並肩，摸著黑暗往地道深處走。

若干一盞時間，前面豁然一朗，地道陡闊，轉一個彎，連燈火也亮了起來，原來是一處數十丈闊的石坪。

四人往石坪張望了一下，也不禁呆住了。

石坪上有人。

一個被四道銀閃閃的鐵鍊鎖在石室壁上的人！

人是老人。

鬢髮皆白，一臉威峻，但神情卻說不出的頹潰，瘦得顴骨高高凸起，雙眼也陷了進去，眼圈呈淤黑。

這老人被兩條鎖鍊，穿入左右琵琶骨，另兩條鐵鏈，釘住足踝，四條鐵鏈的另一端，卻深深嵌進石壁裡去。

石壁是極其堅硬的花崗岩。

鐵星月一見，怒不可遏，喝道：

「王八羔子，對付個老人竟要如此！」

說著要衝過去解救，那老人猛地一醒，眼色猛吐出兩個懾人的火焰：

「誰說我老？」

這一聲宛若雷鳴，連鐵星月也嚇得一震，伸了伸舌頭，回一句道：

「你還不算老呀？」

那老人怒吼一聲，震得四壁回響，嗡嗡不已，一聲接一聲，良久不絕，鐵星月道：

「算你厲害，救你出來再跟你罵過！」

兩步飛身，撲上去猛扯鐵鍊，而這鍊子似是特製的，拉之不斷，卻嗅到老人身上奇臭無比，且衣衫污穢，不知鎖在此地已多久了。

蕭秋水看得情形有異，當下揖禮道：

「敢問老丈……」

「兔崽子，少來假惺惺！」

唐方低聲道：「此人給鎖於此地，顯然是與權力幫爲敵才逼致的，而且武功必定不低，否則也無需如此重鎖，我們先把他救下來再說。」

三人迅速掠到老人身邊，無奈費盡力氣，都弄不斷這四條鐵鍊，那老人倒是奇怪起來了？

「你們究竟是誰？」

蕭秋水躬身答道：「晚輩乃是浣花劍派後人蕭秋水……」

那老人呆了一陣，歎道：「西樓麼？他兒子都那麼大了啊。」隨即仰望洞頂，茫然道：「啊，我關在這裡竟是那麼久了……」說著竟流下兩行淚，淚才流得一半，又怒得全身格格作響，悲聲道：

「屈寒山那老賊！」

唐方輕聲道：「前輩，當下之急，是先解除你身上之鐵鍊，不知前輩可有辦法？」

老人道：「這鐵鍊若是可以折斷，早給我震碎了，還用得著你們？那兒倒是有開關掣，這鍊是嵌到骨頭裡去了，扯不開了，但石壁的扳子倒是活動的。」

左丘超然問道：「扳掣在哪裡？」

老人用嘴一呶道：「在甬道裡入處石壁上。」

蕭秋水一頷首，道：「我去開！」

立即飛身，找到一個扳掣，便要去扣壓。

忽然，蕭秋水心中掠過一道陰影，那感覺，就像是當日聽雨樓中遇刺前的一刻，突然有所預感。

就在這時，老人陡地發出一聲怒喝：

「小心！」

也正在此時，一道凌厲的刀鋒，當頭劈落！

蕭秋水來不及閃躲，但在這刹那，猛地一個大仰身，間不容髮讓過這一刀！

——「見天洞」之前，黑衣人的暗算，蕭秋水也是用這臨時應變的一招，避過必殺的一擊！

杜絕一刀劈不中，手腕猛沉，往下斫落！

這一下，蕭秋水無論怎樣都躲不過去了。

那老人猛然一張口，「咳吐」一聲，飛出一口痰，竟飛越丈遠，「啪」地撞在杜絕的刀身上！

杜絕一震，刀鋒竟給痰水激撞一偏，緩得一緩，唐方的暗器便已到了，杜絕見勢不妙，一閃身又沉入黑暗中。

這一下，大家都驚住了，老人以一口痰水，竟擊偏了大名鼎鼎，九天十地，十九人魔中的刀魔杜絕的刀鋒，並驚退了他，這老人到底是誰？

蕭秋水再不遲疑，用力一扳，只聽喀軋軋一聲亂響，那四道嵌在石壁裡的銀鍊，都一齊軟落了下來，那老人手足一攏，伸手抓起一把鐵鍊，放在手掌裡，呆得一陣，眼淚兒便不自覺地簌簌落到了腮邊。

蕭秋水等見他呆不言語，正要勸說他幾句，敢情是多年被困，一旦得獲自由，不禁惘然；那老人卻驟然大笑起來。

他一面揮舞著銀鍊，一面大笑，銀鍊撞擊在石壁上，發出了極大的聲響，而且星火四濺，加上那鋪天蓋地，震得滿室迴響的笑聲，簡直震耳欲聾。

就在這時，在石室的前邊忽然傳來了極其平靜的聲音，這聲音顯然極其冷靜，但在老人驚天動地的大笑聲中，卻字字清晰可聞：

「杜月山，你可自由了！」

蕭秋水等當然認得，這聲音就是屈寒山，但他們震驚的是，這老人竟是在廣西武林三山中的另一山，跟屈寒山、顧君山齊名的濛江杜月山！

杜月山陡地把長笑聲一歇，咬牙切齒道：

「屈寒山，你這個老匹夫！」

遠處傳來悠絕不斷的聲音依然平靜地道：

「杜月山，留下你的劍譜，放你一條生路！」

杜月山狂笑激起四壁哄哄的回音，滾滾地傳了回去：

「你逼供我多少時日，都沒有把劍法傳給你，而今我還怕了你不成？」

遠處屈寒山的聲音輕笑道：

「自由難得，杜月山，不要再瞎拚了，莫忘記三年前你是在我劍下爲困龍索所綑的，我的耐心是有限的，可不會再容你逞能了！」

杜月山怪吼一聲，怒道：

「老匹夫，我要殺了你！」

屈寒山哈哈一笑道：

「那你上來呀！」

杜月山咆哮了一聲，切齒地道：

「上就上，難道我怕了你不成！」

忽然沉聲向蕭秋水等四人疾道：

「我從你們來的洞口上去，我一上去你們就往後跑，石室盡頭處有一活栓，掀開它就有洞口，上邊就是屈寒山的臥房，從那兒可以出去。」

蕭秋水呆了一呆，反應最快，即道：

「老前輩不行，屈寒山武功很高，你從洞口躍上去，他猛下殺手……」

杜月山立即打斷了他的話：「我旨在引開他的注意力，好讓你們逃出去，逃出去後好公諸這老匹夫的惡行，總比全死在這裡好。」

「逃出去後好公諸這老匹夫的惡行，總比全死在這裡好。」這句話聽得蕭秋水心頭一震，脫口失聲道：「是。」

杜月山猛回頭，深深地看了蕭秋水一眼：「你能當機立斷，機智過人，若論品貌，日後在武林必有大作為的一日，」忽然出腳，腳下鞋子竟脫出飛襲蕭秋水，蕭秋水下意識用手一抓，接個正中，只覺臭氣熏人，一時不知杜月山是什麼意思，杜月山繼續說：

「論內功，我不如屈寒山，若論劍法，我不遜給這老匹夫，他窺視我『濛江劍法』已久，貪得無厭，想兼得各家之長，他之所以留我不殺，亦即想逼供我的劍法，卻不知我把劍譜藏於鞋內，」杜月山淒笑一下，又道：

「今日之戰，我已三年未動劍，而且筋骨俱傷，三年折磨早不成人形，他們人多勢眾，單止一個屈寒山，我已然不敵。這劍譜留給你，你也是練劍的，浣花劍法正要濛江劍法以助。這劍譜，絕不能落在那劍魔手中！」

這時洞口傳來滾滾如雷的屈寒山喝聲：

「杜月山，你藏頭縮尾，不敢上來是不是？」

蕭秋水慌忙道：「前輩……」

杜月山怒喝一聲：「你給我等著，我上來就收拾你！」隨即低聲截道：

「快收起來，別婆婆媽媽的！」說著就要飛身前去！

唐方秀眉一蹙，道：

「前輩，你這樣出去，還是不妥，爲何不引他下來，給予致命之一擊呢？」

杜月山猶豫了一下，左丘超然道：「前邊還有我們一位馬兄弟在等，更有文鬢霜前輩，不如我虛張聲勢，然後一起往後撤走吧。」

鐵星月一拍腳，道：「妙！要走，就大家，一，齊，走！」他用手一揮，說到後面三個字時，得意極了。

杜月山再沉吟了一下，鐵星月道：「我這就去叫他們來！」霍地掠了前去！

唐方道：「只是……」

杜月山不耐煩地看看唐方：「只是什麼？」

唐方疑慮地道：「後面既有出路，爲何屈寒山他們不前後夾攻進來？」

杜月山呵呵笑了起來：「小女娃可真仔細！後邊的出道只能在這裡邊旋開，上面是開不進來的，要不然，他們早就進來了；而前邊你們進來的洞口，在裡面的人是無法開關的；」說著長歎一聲，淒然道：

「我畢竟被關在這兒三年了，三年來，對這裡的情況，又焉有不知之理？」

蕭秋水忽然眉心一皺，叫道：「不好！」

杜月山奇道：「又什麼不好！」

蕭秋水疾道：「適才杜絕兩度暗算未逞，正往裡邊溜走，此刻豈不是正好可以打開後面的洞口，讓權力幫的人進來？」

杜月山臉色一變：「正是！快去封鎖！」返身就要掠去，忽聽一聲冷笑，一人陰惻惻地道：

「可惜已經遲了。」

蕭秋水一看，心裡叫糟，後面已多了五個人，中央的那個，三綹長鬚，氣定神閒，正是威震陽朔：

劍王屈寒山！

五　不殺

屈寒山自內一步步走出，笑道：「杜兄，只兩件事：這班小鬼的事你放手不理，濛江劍譜交給老弟我瞧瞧，這裡一公亭，由你杜兄來去自如，我屈某絕不敢阻你一阻。」

說著又笑笑道：「要是杜兄肯投效敝幫，我屈某則與你同生共死，權力幫今日已號令天下，榮華富貴，享之不盡。」

杜月山冷冷地道：「你關了我三年，你和你的人對我說了無數次這種話，今日再多說一次，你不嫌自己像是七八十歲的老太婆一般，又長氣又嘮叨!?」

屈寒山笑道：「只不過今天我再說一次，跟以往都有些不同。」

杜月山道：「怎麼不同？」

屈寒山笑道：「往日我是請你，今日我是跟你告訴一聲，是客氣。」

杜月山寒著臉道：「你把我鎖在這裡整整三年，而今還跟我要視同性命的劍譜，還叫做『客氣』？」

屈寒山笑道：「你錯了，今天我不是跟你要劍譜。」

杜月山奇道：「哦？」

屈寒山道：「當日我以爲只有你才知道劍譜，卻未知你早已把劍譜塞在鞋內了，而你又把鞋子給了別人，現在我要劍譜，根本就不需要你來同意。」

杜月山怒道：「你以爲你搶得到？」

屈寒山大笑道：「杜月山，三年前我就憑一柄劍擊敗你，今日你還要逞強？」

杜月山怒極道：「你劍法既然那麼好，爲什麼定要貪圖我的劍法？」

屈寒山哈哈笑道：「這個當然，我是劍王，劍王當然要通曉所有精妙的劍法，你的濛江劍法雖然不如我，但卻是一種精微的劍法，當日我與你過招，也要一百招以後方才分出高下的。」

杜月山怒道：「那麼這些小鬼下來以後，你故意不立即趕殺進來，便是有意要套出我劍譜的下落了？」

屈寒山笑道：「正是。要不然我早在外面就可發暗號令杜老刀打開暗門，他們根本就來不及放你出來的。」

屈寒山身旁的杜絕也冷笑道：「你們一進來的時候，我便要力阻，第一刀之後，便去打開活栓，『劍王』屈先生指示了我做法之後，才會讓你們輕易救得了杜老鬼！」

石室中當頭給鐵星月的一刀，無疑是杜絕全力出手，第一刀過後，隔了好一段時候，才有蕭秋水扳機栓的第二刀，第一刀與第二刀的時間，相去甚遠：

——這段時間就是杜絕與屈寒山聯絡的時間，然後躲在暗中目睹杜月山把劍譜丟給蕭秋水。

——他們沒想到杜月山早已寫好劍譜，並且藏在腳底的鞋子裡。

——不知道的人，又有誰會去除人家的臭鞋來查究呢？

屈寒山冷峻地重複了一句：「所以我今天是來告訴你，不是要得到你同意的。」

然後又重重地加了一句：「而且你這一次如果戰敗，的的確確是最後一次敗了。」——劍譜已現，杜月山已沒有生存的必要了。

在一旁的柳千變也笑道：「你們不必白費氣力了，這通往內的地道有江易海、佘哭佘把守，通往外邊的也有屠滾和彭九鎮守，你們逃不出去的！」

蕭秋水忍不住道：「那剛才屈寒山在外邊傳來的聲音——？」

在另一旁的康出漁冷笑道：「屈劍王的功力，自然可以做到這邊說話，那邊傳來，可讓你這小子大開眼界了。」

杜月山目光收縮，盯住屈寒山道：「你的功力確是大進了……」

屈寒山臉不改色道：「只可惜這三年來你老兄被鎖在這裡，功力卻是大減了……」

——大減了的功力，依然以一口痰撞開杜絕的刀鋒，這「廣西三山」的三名高手的功力，也真是非同小可。

杜月山的眼睛卻轉而瞪住屈寒山身旁的一名年輕人，屈寒山立即笑道：「他是我們總護法柳五先生所結識的青年高手，姓漢，大名四海，漢公子的暗器，恐怕絕不在屠堂主之下，待會兒可叫唐姑娘開開眼界。」

那青年臉白皙一片，居然露出雪白而整齊的牙齒，向蕭秋水友善地笑了笑，唐方突然道：

「漢四海？」

那青年笑道：「便是在下，唐姑娘好！」

鐵星月最看這種彬彬有禮的人不順眼，一句就吼了回去：「好你個屁！」

杜月山臉色一整，道：「屈寒山，你作惡多端，替權力幫助紂爲虐，梁大俠和顧老三知道，一定不會放過你的！」

屈寒山呵呵大笑道：「梁斗還在廣東，怎會來管我的事？至於顧君山，」屈寒山用指向蕭秋水等人，笑道：

「你可以問他們，他是怎麼死的？喏喏喏，要不是那四個所謂四絕的老傢伙，他也早給我綑在這兒的，他的『鐵尺劍法』相當精奇，也只好讓它滅絕於武林之中了。」

杜月山一聽之下，全身一震，嗄聲怒道：「顧君山死了！你！你！你——」虎吼一聲，展身而起，手腳上的銀鍊一陣咯勒連響，一面向蕭秋水等拋下了一句話：

「你們快走！」

杜月山身形一起，屈寒山即疾道：

「杜、柳、康三位堂主，截下劍譜！」

杜絕、柳千變、康出漁三人同時動了。

柳千變最快，他的「地馬行天」輕功，好像一隻蚊子般飛起，但比蚊子快，比蚊子急，比蚊子還毒！

給蚊子咬一口沒什麼，最多癢癢，或者只腫起一塊，但給柳千變的扇子打中，也是癢癢，也是腫一塊：

但更可怕的是，隨即毒發身亡。

他左邊是杜絕，杜絕出刀，冷如一湖秋水，一彎殘月。

別人出刀，至少有把握才出刀，他連把握也沒有，就已出刀。

因為他根本不用把握，他的刀快。

他曾經殺一個人，一共斫了一百九十九刀，才可以收刀，他的刀實在太快了。

快得連他自己都沒法子收手。

所以他的刀只要斫出去，那麼密集快狠的攻擊，根本就不需要把握。

而今他只斫出一刀。

刀斫向杜月山。

因為杜月山攔在中間。

斫倒杜月山，才能去搶劍譜。

「劍王」的話，他只要想在權力幫混下去，就一定得聽，而且要唯命是從。

如果不能在權力幫混下去，那也等於不能在江湖上立足，甚至在武林中也沒有生存的餘地。

所以他這一刀用了全力。

他也知道同掙名列「廣西三山」的杜月山，雖然受盡了折磨，內力體力都大打折扣，但畢竟不是好惹的。

柳千變的另一邊就是康出漁。

「泰山高，不及東海勞。」

東海勞，指的是勞山，又名嶗山。

在東海勞山觀日出，最佳處是「觀日台」。

不過自二十年前起那地方就沒人敢去，因為康出漁就在那兒練他的「觀日神劍」。

神劍觀日，他的劍猶如旭日東升，驕陽漫天，夕照殘霞，跟他交手的人，好像面對太陽，不是被炙傷就是被灼死。

所以康出漁與蕭西樓、辛虎丘、孔揚秦、曲劍池、孟相逢、鄧玉平並列當今「七大名劍」之一。

在攻打蕭家之一役，權力幫中折損了不少人：華孤墳、閻鬼鬼、孔揚秦、沙千燈、辛虎丘，甚至左常生也受重傷，但只康出漁仍然倖存。

他不但還能活著，而且還借了他的僞裝，搏得了浣花劍派的信任，偕辛虎丘暗殺了「陰陽神劍」張臨意，又刺殺了唐大，狙殺了「掌上名劍」蕭東廣。

他一手血腥，殺的都是維持武林中正義的重要支柱。

但他曾被蕭西樓與朱俠武制服，險死還生，要不是「一洞神魔」左常生出手救他。他早已死在「聽雨樓」裡。

所以他更學精了，出劍更絕：

一出手，就不留生路！

柳千變直掠洞頂，康出漁、杜絕分左右掠出。

但刹那間，三個人都被截攔下來。

柳千變的扇子立即不見了，康出漁的劍，已失去了烈芒；杜絕的刀，也失去雲彩。

漫天都是銀影：是杜月山手腳的四條銀鍊，簡直如同四柄劍，而且可曲可直，完全沒有相碰擊，招招都是正宗劍招，空濛一片，封死了三個人的進路。

柳千變、康出漁、杜絕左衝右突，都闖不破杜月山的鍊劍。

杜月山手上沒有劍，尚且如此厲害，那四條扣銬的銀鍊，卻變成了四道利劍，著著封殺，竟然以一人之力逼住了三大高手，而且招招都是攻勢，自始迄今，未守過一招。

屈寒山瞧了一會，道：「好劍法！」

那年輕人道：「只不過比起屈先生，實是相去甚遠。」

屈寒山笑道：「這兒還有四個小鬼，武功都不錯，屆時還要漢老弟費力了。」

漢四海微笑道：「這個當然，劍王有令，當自盡力。」

屈寒山大笑道：「漢老弟客氣了。」

杜月山封鎖住石洞中央，石洞十分之窄狹，杜月山揮舞銀鍊，真的連一隻蚊子都飛不過來，只聽杜月山吼道：

「小鬼，還不快滾！」

鐵星月吼回了一句：

「我們怎能丟下你走！」

杜月山邊戰邊吼：

「王八崽子，你不走，還是死！」

蕭秋水一咬嘴唇，道：

「老前輩，合我們幾人之力，尚可一戰！」

杜月山怒喝道：

「沒有機會的，我絕不是屈寒山的對手！」

屈寒山大笑，漢四海道：

「老匹夫倒有自知之明。」

左丘超然道：

「出去也是死，不如一拚！」

杜月山愈戰愈勇，喝道：

「我守這裡，他們一時還過不來，趕快打來路衝出去，濛江劍法不能落在他們手上。」

蕭秋水心頭一震，只聽屈寒山冷冷地道：

「漢老弟，不宜久待，還是要煩你出手一次。」

漢四海頷首道：

「劍王放心，老匹夫雖凶，但在下還應付得了。」

漢四海普普通通幾句話，不知怎的，卻教人聽了心裡直發毛，唐方突然悄聲道：

「走！」

蕭秋水一時六神無主，應了一句：

「走？」

唐方疾道：「走！聽杜前輩的話，一定要走！」

蕭秋水沉吟一下，斷然道：「好！」

鐵星月、左丘超然服的是蕭秋水，蕭秋水說走，他們立即就走！

蕭秋水等一旦身退，柳千變、康出漁、杜絕的攻勢就更急了。

同樣杜月山手足上四條銀鍊揮舞得更天衣無縫。

四人搶急轉過一個彎角，鐵星月一面急奔一面罵道：「媽拉巴子，那姓漢的龜兒子不知是誰，一副不得了的樣子……」

左丘超然道：

「漢四海是柳五先生近日的食客上賓，柳五就是柳隨風，柳隨風就是幫主李沉舟的智囊，漢四海此人決非庸手。」

鐵星月怒道：「你這不是太長他人……」

這時已回到來處之入口，只見馬竟終與文鬢霜仍守在穴口，馬竟終一見四人無恙回來，喜道：

「你們回來了……那邊怎麼了？」

他顯然是聽到裡面的打鬥聲，然而四俠已回來了，打鬥聲仍不止：打鬥的究竟是些什麼人呢？

蕭秋水疾道：

「現在已沒功夫解釋了。這裡怎樣？」

馬竟終答道：

「你們一走後，來攻過兩次，第一次是彭九，被我逼了出去，另一次是屠滾，他的暗器好厲害，差些兒給他進了來，幸虧文前輩及時出去，才把他給迫了出去……後來就沒有再攻過，也沒了聲息。」

這時只聽洞內一聲慘呼，顯然有人受了傷。

唐方失聲道：「杜前輩的聲音……」

打鬥聲仍不絕於耳。

蕭秋水略一沉吟，道：

「咱們來個出奇不意，從這穴內反攻出去。」

——外邊的人定必以爲穴內的人死守不出來，而今反攻出去可以打個措手不及。

——要是一旦讓人伺準出襲，則死路一條：

從這狹小的洞內跳出來，幾乎就等於躍下去的人一樣，易於防守，但絕難進攻。

這是一場賭注。

死亡的賭注。

不敢賭，就出不去。

出不去，就死。

不但他們死，還有浣花劍派、武林同道……

所以他們決定賭！

所以他們衝出去！

第一個鐵星月，他永遠是第一個衝出去的人。

他要第一個衝出去，也許不是爲了出風頭，而是爲了要冒更大的危險。

他卻不願意由他的至好朋友來冒的險。

所以他根本沒有徵求他朋友的同意，就一口氣掠了上去！

蕭秋水等都爲鐵星月捏了一把汗。

然而上面沒有一點動靜。

然後就是鐵星月的大叫聲：

「上來！上面沒有人！」

——千手屠滾和獨腳彭九都去了哪裡？

然而不管他們去了哪裡，蕭秋水等人都知道鐵星月不會騙他的。

他們立即掠了上去。

——其實如果上面有敵，鐵星月遇敵，他們更加會不顧一切地掠上去。

馬竟終最後一個出來，他永遠最沉穩，而且一落地就似生了根。

上面真的沒有人。

一公亭還是一公亭，打翻的酒席，滿地的酒菜，搏鬥過的痕跡：顧君山、黃遠庸、姚獨霧等人的屍首，仍躺在那裡。

文鬢霜一見，又痴了起來。

蕭秋水打量了一下形勢，道：

「走！」

突在此時，地上的穴口忽然「錚」地一聲，一塊鐵板彈上，穴口封死！

眾人吃了一驚，馬竟終道：

「不好！」

正於此時，一公亭的飛簷八角，忽然降下鐵柵！

蕭秋水衝出時，鐵柵正好落下。

文鬢霜一抬腳，踢在鐵柵杆上，他那一雙能踢飛「獨腳鎮千山」彭九的鑌鐵拐的神腿，竟踢不動這鐵柵。

退路已失，前路封鎖，他們頓時只剩下了死路。

眾人臉色變了，這時只聽「哈哈」「哈哈」怪笑，自左右傳來。

兩個人大搖大擺地走出來。

月色下，神情猥瑣，戴鹿皮手套的是「暗器卅六手，暗椿卅六路」屠滾，那獨腳「篤、篤、篤」行來的自然就是「獨腳神魔」彭九。

他們兩人自假山樹叢旁走了出來，屠滾喋喋笑道：

「我外號叫『暗椿卅六路』，這是我其中一路，怎麼樣？哈哈！現在我們打，你們接，正好給我練靶。」

彭九大笑道：

「劍王早已料到你們會不顧一切衝出來，所以我們在外邊等著，待你們出來後再扳機鈕封死穴口便得了，現在你們已是籠中鳥，還要不要困獸鬥？嘿嘿嘿……」

蕭秋水一踩穴口，果然絲風不動，鐵星月怒極，搖撼著鐵欄吼道：

「去你媽的狗豬不如！枉你們是武林響噹噹的前輩，用這種下十九流的手段……」

彭九向屠滾一揚首道：

「這小子嘴髒，先餵他吃吃你的寶貝兒。」

屠滾怪笑道：

「他塊頭大，正好給我練準頭……嘿嘿，你放心，那女的我留活口，哈哈哈……」

忽然臉色一變，飛閃七尺，轉退五尺，又掠起十尺，落在一旁，臉色大變。

屠滾側看他的手。

他的手臂上嵌了一枚金針，入肉三分。

金針共擲十二支，唐方恨他輕薄，所以無聲無息施放飛針。

屠滾畢竟是用暗器的高手，一旦發現不妙，立即閃避，只中了一針。

彭九見屠滾之狼狽狀，笑道：

「屠兄，天鵝肉差些兒沒吃著，卻先吃了蹩……」

一語未畢，只見屠滾臉色陰森，也不敢說下去。

屠滾澀聲道：

「好，你們不識抬舉……」

一揚手，打出九點寒星。

唐方的暗器是沒有毒的。

然而屠滾的暗器就不是了，有些就連接也接不得的。

接不得只有閃避，但在小鐵柵裡，總共六個人，又如何閃躲呢？

何況「千手神魔」屠滾的暗器，本來就不是容易躲避的。

避開了第一輪九點寒星，屠滾又獰笑著打出七彎明月！

猝厲藍芒的明月彎刀！

蕭秋水等已避得十分勉強，要不是有文鬢霜率先踢飛三把彎刀，只怕早有人傷亡在欄中。

屠滾大笑：

「看你們逃到幾時？」

又發出了第三道暗器。

一蓬毒砂。

毒砂有劇毒，又最難閃躲。

何況人在籠中，而且共有六個人。

一蓬毒砂，接不得，躲不得的：

毒砂。

就在這時，有人大叫了一聲。

「王八蛋！我來也！」

那人叫的時候，已撲到了屠滾的身後。

屠滾驚覺的時候，那人已猛力一推。

這一推，屠滾出奇不意，避過一掌，卻避不過另一掌，「砰」地一聲，被擊飛七尺！

這一下，準頭全失，那蓬毒砂，變作向彭九迎臉罩來！

這一下彭九也始料未及，他曾經親眼見有人中了屠滾的毒砂，潰爛了七天才氣絕，那種慘狀，連殺手無情的彭九，也爲之怵目驚心。

而今毒砂居然是向他撒來，倉促間彭九怪叫一聲，一面用鑌鐵杖舞得個風雨不透，一面急退！

那人一現，便聞叫聲，鐵星月急嚷道：

「那王八蛋我來也了！」

要是鐵星月，必定在未衝出去時已大聲呼叫，他從不作暗事；要是林公子，一定到了出手幹了才叫；這人是到了屠滾身後，出手前才招呼一聲。

這不是邱南顧還會是誰！

這時鐵柵卻神奇般開啓了。

一人自灰牆後現身，正是：

歐陽珊一。

馬竟終高興到跳起來，呼喚道：

「珊一。」

兩人幾乎是再世重逢，欣喜無盡。

那邊的屠滾捱了邱南顧一記劈空拳，踉踉蹌蹌，跌跌撞撞，不偏不倚，正衝向六俠處。

另一邊的彭九一面揮杖，一面急退，好不容易才躲過了毒砂的攻擊，猛發現自己正衝入文鬢霜等的陣內。

文鬢霜大喝一聲，飛腳踢向屠滾！

唐方一揚手，打出兩把飛刀！

左丘超然一出手，螳螂鎖喉扣，全力出襲！

他們都恨死了屠滾的卑鄙無恥與殘毒。

屠滾大叫了一聲，驚駭無限。

他生平只見過敵人在他的鹿皮手套裡的暗器下，哀號、掙扎、求饒、痛哭、死亡，自己就從沒遇過像今天的危局。

——突然被外來的一股大力撞了一下，自此就落入了萬劫不復之境。

唐方的飛刀、左丘超然的手、文鬢霜的腳。

屠滾大叫了一聲，就地一滾。

刀自頭上飛過。

屠滾一滾即起，「剝」的一聲，衣衫撕破。

左丘超然的雙手抓了個空。

屠滾避得過唐方的刀、左丘的手，卻閃不過文鬢霜的腳！

「砰」地一聲，屠滾真的滾了出去。

一路上，都有血痕。

但是屠滾忽然不見了。

他滾到亭邊，忽然一空，人就失蹤了。

屠滾除了「暗器卅六手」，更重要的一個外號是：

「暗樁卅六路」。

他的暗器是他殺人的方法；暗樁卻是他逃遁的法子。

故此他還是在三大高手的圍攻下，逃得了性命。

彭九就沒那麼幸運了。

他撥開毒砂，就遇上歐陽珊一的笛子。

彭九的對敵經驗，要比屠滾還來得豐富。

也因爲他那麼豐富的對敵經驗，使得他廿六年前，被朱大天王斫斷了一條腿，仍得以不死。

一個人被斫斷了一條腿之後，還能在江湖闖蕩，而且名氣愈大，武功更高，殺人愈多，必然有些過人之能。

所以彭九能在危急中避過歐陽珊一之一擊。

「篤」的一聲，彭九立即飛起。

「速離此地」，是彭九馬上下的決定。

對方有八個人，而且都是脫閘之虎，自己先失手在前，不可戀戰。

所以他借力用杖一點，立即飛起。

飛到半空，拐杖卻給一人扯住。

他用力一掙，那人抓得牢牢的，簡直無法掙脫。

這人是「落地生根」馬竟終。

歐陽珊一攻誰，他就攻誰。

他絕不能讓懷孕的愛妻獨自冒險犯難。

他知道彭九一身武功，就練在鐵拐上，所以他半空自後扯住了他的鐵杖。

彭九只好落了下來。

彭九半空中還想掙扎，一腳踢了出去！

腳踢馬竟終！

馬竟終知道自己不能鬆手，一旦放手，鑌鐵拐會迎頭砸下，而且歐陽珊一也有危險。

故此他雙手加緊握住鑌鐵拐，運功硬捱了一腳。

「砰」的一聲，馬竟終嘴角滲出了血絲。

歐陽珊一淒叫了一聲！

「竟終！」

但是馬竟終爭取了時間。

一個彪形大漢，挾著一聲虎吼，已抱緊了彭九。

那人跟他臉對臉，身對身緊抱在一起，彭九絲毫動彈不得。

然而那人還可以抽出拳頭來兜肚揍了他一拳。

「蓬」，彭九幾乎痛得彎下腰，但在這刹那間，他却彎不下身去了。

因爲一柄刀抵在了他的咽喉上。

刀是杜絕的刀。

刀是杜絕在地道中暗算鐵星月時遺落的刀。

發刀的人是蕭秋水。

「長虹貫日」！

這是浣花劍派的劍招，但用在刀上同樣有效。

可是刀鋒沒有血，因爲刀尖未刺入咽喉。

這是千載難逢刺殺彭九的好機會，蕭秋水爲何不殺！

蕭秋水不殺。

蕭秋水搖搖頭，終於抽回了刀，悲憫地、沉靜地道：

「我不能殺你。」

——彭九斷腿。

——而且猝受圍攻，拐杖受制。

蕭秋水不是不敢殺，而是不能殺。

鐵星月吼道：

「爲什麼不能殺!?」

一吼之下，功力一散，彭九奮力一掙，一肘撞了出去，鐵星月跌退四步，彭九一掌拍落，馬竟終立即鬆手身退，「篤」的一聲，彭九飛越牆頭，眨眼不見。

邱南顧也怪叫道：

「爲什麼不殺!?」

蕭秋水默然。

他說不出話來。

大家冒了性命危險擒住的大敵，他居然沒有殺。

文鬢霜忽然道：

「我知道。」

左丘超然奇道：

「你知道？」

文鬢霜雙鬢如霜，蒼老如鶴，輕輕喟歎了一聲，道：

「殺人的人只是凶手，殺惡人的是強者，但能饒人而不殺者：」

文鬢霜又歎了一聲：「方才是大俠。」

「蕭少俠的武功、閱歷、聲譽雖未臻高峰，但品性修養俠行上，已有大師之風。」文鬢霜說著，猛抬頭，星月滿天，天心月圓。

原稿於一九七九年

在台北木柵辦試劍山莊，編青年中國雜誌，推出神州文集，成立神州出版社，建立剛擊道亮軒道場期間

修訂一九九八年八月三日十一至十三日

舒展超在東touch致歉／靜之命盤出

錯，但我依然不易其心／念因公赴皇冠、敦煌辦事／張維致電雲南版評點《會京師》已出書／東方日報刊出有關香港警隊「四大名捕」為四個部門：有組織及三合會調查科（O記）、刑事情報科（CID）、特別任務連（飛虎隊）和商業罪案調查科（CCB）有關新聞

六　萬里橋之役

這時一公亭內原來的洞口忽然傳來擊打之聲。

——屈寒山等人要衝出來，但穴口已封閉。

——這穴口本來機鈕控制是在外而不是在內的。

——余哭余飛出來擊倒黃遠庸，也是屈寒山控制的機樞。

——現在屈寒山等在裡面，自然也打不開穴口。

——但他們可以從穴道內的出口衝出來，那裡是屈寒山的臥房，還有把守的余哭余及江易海。

——他們要走，就得快！

八俠自然也想到了這些，馬竟終叫了一聲：

「走！」

左丘超然道：「走去哪裡？」

蕭秋水道：「找孟師叔！」

孟師叔便是「恨不相逢，別離良劍」孟相逢，他是蕭西樓的師弟，也是武林七大名劍其中之一。

孟相逢與「天涯分手，相見寶刀」孔別離，並列爲「東刀西劍」，孟相逢雄踞廣西，孔別離則虎臥關東，又爲「武林五大刀客」之一。

孟相逢便是浣花鏢局的主持人，亦是浣花劍派之主腦。

在那兒助陣的人還有：蕭易人、蕭開雁，據說南海劍派歷屆以來最年輕的掌門人鄧玉平也在那裡，還有唐朋、唐剛和唐猛。

要救浣花蕭家，就必定要調動外浣花劍派的好手。

他們衝出四川，過貴州，原來六個人，只剩五個人，但一入廣西，卻多了三名好手：

文鬢霜、馬竟終、歐陽珊一。

邱南顧是被安排照料歐陽珊一，並作為照應的，蕭秋水等衝入一公亭時一再叮嚀，不到最後關頭，不准邱南顧出手。

所以邱南顧在要害關頭發揮了最大的功能。

歐陽珊一在外認準了開關機鈕的地方，邱南顧則發動了攻擊，不但釋放了蕭秋水等六人，還打跑了屠滾和彭九。

他們現在打算從臨桂順灕江直達古之良豐，再轉至桂林。

譽滿天下的桂林山水，不僅以山水馳名，而且也是歷史上關繫一代興衰的名城。永歷帝奏疏中，有兩句名言，寫的就是廣西：「以全盛視粵西，一隅似小，以粵西恢復中原，則一隅甚大！」紹康一旅，三戶亡秦，而歷代名將，孤憤丹忱，有不少是出自這山水名地。

湘江源於海陽山，灕江源於越城嶺之苗兔山。「湘灕同源」，原是訛傳，但兩千一百多年前，秦始皇派御史督軍史祿，鑿靈渠以通航運後，湘江方從靈渠流入灕江。十里後才與原來的湘江匯合，乃是因靈渠地勢爲高，湘江故流低，非如此不能通航。分水塘高百餘丈，寬三四十丈，乃運河的樞紐。湘江河卻比運河大兩三倍，江水居然能從容流入運河，可見這是古人多麼不平凡的設計！

靈渠成爲世界歷史上最古老的運河之一，也是歷史上的奇跡，「秦堤春曉」、「蘇橋秋月」、「飛來石」的勝跡，都分布在這兒附近。

鏵嘴是運河的另一重要工程，它把迎面而來的湘水劃破，使之分流，工程乃在漢代將軍伏波疏濬靈渠時創設，有一名碑，上刻「伏波遺跡」四個大字。

與鏵嘴相連的兩條八字形之大石壩，也是按照湘水流入灕江七、三分的比例水量設計的，這都是古代水利工程的傑作。

山水甲天下的桂林山水，以委婉曲折的灕江爲中心，形成秀絕人間的風景畫面，山如翠屏，水清可鑑，櫓聲帆影，風光無限。

江山如畫，一時多少豪傑。

蕭秋水等一行八人，自水路到良豐，過靈渠，上岸走觀瀾亭，經蘇家橋，到了傳爲唐代李渤重修靈渠時所建之萬里橋。

文鬢霜的左腿曾傷在屈寒山的金劍下。連番劇戰，使他重創迸裂，但他以「腿絕」成名，所以一路上都忍下來了。雖然忍得下來，但蕭秋水等畢竟看得出來。

萬里橋邊灕江水，萬里橋下柳蔭涼。

蕭秋水就要文鬢霜坐下，然後分派鐵星月和馬竟終去買吃的，邱南顧與左丘超然去買金創藥。

吃的和敷的，無疑都同樣重要。

蕭秋水不敢派鐵星月和邱南顧一起做一件事，天知道這兩個瘋鬼在一起會做出什麼事。

文鬢霜這兩天來也變了形。

他一生只追殺人，而今被人追殺。

他一生未與黃遠庸、畢天通、姚獨霧分開過，而今「四絕」中只剩下他一人。

兩天來東躲西藏，是他畢生來首次奇恥大辱；他活著，不過要雪清這恥辱，而且還要替他的兄弟報仇雪恨！

所以無論怎樣，他都忍了下來。

忍下來留得殘生，好召集武林同道報此大仇。

一路上都是權力幫的黨羽，他們不得不小心翼翼。

鐵、馬、邱、左丘出去了約莫半餐飯時光，正午的太陽，卻因風景而清涼，歐陽珊一卻拉唐方到橋的另一邊去說話。

女孩家總有說不盡談不完的悄悄話。

蕭秋水摸摸鼻子，自然不便去參與談話。

橋邊柳蔭深處有幾個勁裝中年以上的豪漢在互習武技，看他們所練的，都是平常一般江湖上的武術，所以蕭秋水也沒多加注意。

然而文鬢霜也若有所思，他所想念的是他的兄弟，還有顧君山……蕭秋水更不敢去驚擾。

他年紀雖輕，但他瞭解那種痛苦。

他廿餘年來的生命，絕大部分都是熱鬧、快樂、飛騰、活躍的。

因爲他有這些兄弟，所以他知道沒有兄弟的寂寞。

少林叛徒大肚和尙（烏鳥大師）、屁王鐵星月、鐵口邱南顧，自命風流的林公子、年少精悍的「樹林」，還有劍利人傲的鄧玉函、暗器精奇的唐柔、劍法凌厲的康劫生……

——想到鄧玉函、唐柔，他的心就在搐痛著。

——玉函！玉函！唐柔！唐柔！

——我一定要爲你們：報仇。

——唉！

——想到康劫生，蕭秋水就有莫名的憤恨。

——左丘超然還曾念兄弟之情，放過他一馬。

——康劫生，高瘦，長臉，一副傲岸倨驕的樣子，常左手按劍，右手配合說話而動作，遇事搶功，殺人不眨眼，蕭秋水想到這裡，覺得有一陣被欺騙的恥辱！

——要是他手上有劍，他一定拔劍飛舞，宣洩心中的鬱結。

——這使他想起幾把劍：孔揚秦的「白練分水劍」與辛虎丘的「扁諸神劍」，沉落於黃果飛瀑裡。

——古松殘闕，蕭東廣的「古松殘闕」在他死後，也落入鐵騎神魔戰役裡的烏江之中。

——還有張臨意的「陰陽劍」，卻了無蹤影。

——蕭秋水又想起了三柄劍：

三柄裝假，以聲勢懾人，而實際以飛刀奪命的劍！

寶劍「屠刀」。

名劍「長嘯」。

古劍「無鞘」。

「天狼噬月，半刀絕命；紅燈鬼影，一刀斷魂」，沙家四少自「振眉閣」前暗算蕭夫人失敗，那三柄好劍去了哪裡？

——如果現在有劍就好了。

——蕭秋水練的畢竟是劍。

他又旋即想起「廣西三山」：

——顧君山以鐵尺作劍，比劍風還要淩厲。

——屈寒山手中無劍，一出劍就致命。

——杜月山竟然以手足所鑄的鍊鐵變爲四柄活劍！

劍隨心生，劍由心發，劍，難道非要握在手中才能成劍嗎？

蕭秋水正想到入神時，忽然迎臉一篷水潑來。

然後烈日驟熾，烈日的厲芒似正照在大沙漠上一般，炙熱如摧，目不可視！

斷喝聲！

蕭秋水立時辨釋出怒吼聲發自文鬢霜。

驟起如日之厲芒，定必是觀日神劍：

只有康出漁出劍，方才有如此聲勢！

權力幫的人又來了！

水自萬里橋下濺潑出來。

水霧幻成一片彩珠，蕭秋水只看見幻彩中的烈亮，看不見劍鋒！

然而劍鋒方才是致命的！

劍、劍在哪裡？

劍在彩霧之後！

潑水的人，爲的是擾亂他的視線。

他本來就不是康出漁的對手，加上水的擾亂，康出漁必能一招搏殺他於江邊。

但是潑水的人，也定必被水遮掩視線。

所以對方只能認定他原來所立的位子出劍！

蕭秋水在刹那間想到了這些，他不能視，無法擋，僅只來得及把原來所立的位子一讓。

這是生死一髮間的賭。

只要猜錯，潑水的人也能看清他的移位，蕭秋水便死定了。

但蕭秋水剎那間想到，便在剎那間做了。

用腦的決定，有時比用劍的判斷還要快。

而且更有效！

蕭秋水不死！

蕭秋水居然避過了這一劍！

那人刺出了一劍，也看不見是否奏效，一旦感覺刺空了，水霧空濛，隨時可能有還擊，所以即刻迴劍自守，躍退三尺。

水氣一轟而滅，蕭秋水怒道：

「康出漁……」

只見另一邊，文鬢霜力戰江易海與杜絕，佔盡下風。

歐陽珊一與唐方，正與屠滾在對峙著。

「九天十地，十九人魔」中，一下子來了四個極難纏難惹的魔頭。

康出漁恨絕了蕭秋水，正如蕭秋水恨絕了他一樣。

康出漁數度狙殺蕭秋水不遂，反而斷送了幾個同僚的性命，想到自己差些兒也死在成都，這漸漸讓康出漁對蕭秋水起了戒心，生了恐懼。

蕭秋水小小年紀就如此，長年之後還了得!?

所以康出漁決定不惜用任何手段，都一定要先除去蕭秋水。

故此他一下手就不僅暗算，還要借水遁形，狙刺一劍，不料還是給蕭秋水以過人的敏感、迅捷的反應以及準確的判斷力避了開去。

康出漁更恨之入骨，他決意不讓蕭秋水再活過今日。

文鬢霜腿受了傷，以一戰一已是甚難，江易海和杜絕兩人加起來，就像一個鐵箍一把快刀，文鬢霜成了待宰的牛羊。

牛羊瀕死，也會掙扎。

蜜蜂拚死一螫，足以傷人，何況「腿絕」文鬢霜！

杜絕和江易海一時還不能得手。

屠滾的暗器，本來就勝於唐方，而今雖多了個歐陽珊一，屠滾仍可佔上風。但是屠滾在兩天前被邱南顧打了一掌，而且更被文鬢霜踢了一腳，內傷未復原，功力大打折扣，一時也取勝不下。

蕭秋水心神落在他們三人的危機上，康出漁看準了這點，他要在蕭秋水分心時一舉擊殺。

要是邱南顧、左丘超然、馬竟終、鐵星月，他們在就好了！

——爲什麼他們還沒有回來？

康出漁好像看出來蕭秋水在想什麼，乾笑道：

「你要等救星是不是？」

「你等死好了！」

「邱南顧和左丘超然早就給彭九盯上了，鐵星月和馬竟終此刻恐怕已死在柳千變的扇下，還有漢四海壓陣，他們是死定了。」

「你也認命吧！」

蕭秋水聽得血脈賁張，大吼一聲，衝了過去，康出漁心中暗笑：

——對！就是這樣！你愈失卻理智，愈快死在我的劍下！

這時只聽一聲悶哼，文鬢霜的右腿又挨了杜絕一刀，血飛濺，脈門已被汀易海拿住，正在拚死掙脫。

又數聲吒叱，原來鐵星月、邱南顧、馬竟終、左丘超然都逃了回來，邊退邊打，他們的對手就是彭九和柳千變。

忽聽一個極其沉宏、勁力、渾厚、雄魄而有禮的聲音道：

「諸位住手，有話好說。」

「諸位」都沒有住手。

在這個時候，正打得如火如荼，又有誰敢先停下手呢！

另一個清朗、鏗鏘、有勁的中年女音清越地一字一句地道：

「有話要說，為何非要動手不可？」

這些人語音都帶有十分濃厚的廣西腔，但說的是標準的武林官話，而且有禮大方，就似地方上有學問的老夫子，在勸衝動小子們勿要打架一般。

還有一個蒼老、啞澀的聲音道：

「再打下去，要出人命了，你們幾人，看來也是江湖上的名人，怎麼對幾個年輕人下此重手？」

講歸講，康出漁這等魔頭才不去管他，因怕有人干擾，出招更加毒辣。

這時又一個豪邁、爽豁的聲音道：

「這幾位出招，是不是大名鼎鼎的『觀日神劍』康出漁康先生、『九指擒龍』江易海江老爺子，『暗器卅六手，暗椿卅六路』屠滾屠老大，以及人稱『快刀地魔』的杜絕！還有一位是不是『腿絕』文鬢霜文老英雄？」

這人語音中對康出漁、江易海、屠滾、文鬢霜都甚是尊敬，唯對杜絕卻十分鄙薄。

也許這人還不知康出漁、江易海、屠滾等早已是權力幫「九天十地，十九人魔」中的巨魔，而杜絕是地魔之一卻是人所皆知的。

這人能從他們過招對拆中一眼認出來武功家數，而道出他們的身分，眼力之高，閱歷之豐，可想而知。

康出漁等聽得自是心頭一震，不知是敵是友，忽又聽一人語音十分冷冽、嚴峻、焦躁地道：

「就算你們要打架，到了廣西，也得問問我們廣西五虎才行！」

眾人一聽，不禁都停下手來。

兩廣武林，以廣東梁斗，廣西屈寒山，是爲武林泰斗。屈寒山又與杜月山、顧君山，并稱「廣西三山」，三山四絕，四絕就是文鬢霜、畢天通、姚獨霧、黃遠庸。

這些都是廣州武林中的頂尖兒人物。

廣州還有十虎。

廣西有五條老虎，廣東也有五條。

他們當然不是真的老虎，而是人。

不單是人，而且是好漢，是好漢才稱得上是「虎」。

他們的出身、武功、輩分，與蕭西樓、康出漁，或者杜絕、屠滚，甚至峨嵋、少林，都大大不同。

他們原本就是武師出身。

他們並不是什麼異人高士，而是在市井之中，一場場械鬥中磨練出來的，一場場擂台上打下名堂來的，一場場長街喋血後留下性命來的，一場場巷衖紛爭中穩住了陣腳來的豪傑之士。

也是因爲這樣，他們的成就每一分都是自己流血流汗鑄造的，聲名來得絲毫沒有僥倖。

就因這樣，他們才愈發值得尊敬。

他們的武功，更不是什麼高手、異士所傳，根本就是從極平常的武功中，從無數次成敗、搏鬥中，每個清晨至每個深夜苦熬出來的。

他們的武功，並不怎麼高，但比什麼人都來得穩實。

他們不僅是武林中人，更是十分市井中人。

他們教育了市中或鄉間的子弟，更替地方上主持正義，或替百姓出氣，或主持法紀，或替弱者出頭，替冤者說話。

在兩廣，他們甚受人尊重，僅在梁斗、屈寒山之下。

這些人，在廣東，有五個，叫廣東五友；在廣西，也有五位，叫廣西五俠。

這些蕭秋水都有聽大哥蕭易人說過。

他停下手來，就看到了廣西五俠。

這五個人赫然就是：在萬里橋邊柳蔭涼處練武推手的四男一女。

他們的衣著，大部分都是平常武林人的粗布麻鞋，樣子跟街頭賣藥的，或者武局鏢師沒有什麼兩樣，他們的年齡都在三、四十歲左右，也有年紀老邁、但精氣仍壯的人物。

但當那最後一個語音甚爲尖銳的廣西五虎之一說出了那句：「就算你們要打架，到了廣西，也得問問我們廣西五虎才行。」就連杜絕這等天不怕、地不怕的人魔，也只得停下了手。

廣西五虎畢竟不是好惹的。

何況這裡是廣西，也就是他們的地頭。

眾人都停了手。

康出漁緩緩回身，沉聲道：

「廣西五虎？」

說話豪邁，是一個狀貌威烈的黑髭壯漢，拱手道：

「在下洪醒華，江湖人賞我綽號『少林阿洪』，自然是技出少林，請康先生等不要見笑。」

那蒼老、啞澀的聲音，是來自一名駝背、醜陋的老頭兒，嘎嘎乾笑道：「小老兒叫勞名九，大家叫我『躬背老狗』，投入丐幫四十年。見過諸位好！」

那清銳的女音是一位削臉高顴的中年勁裝女人，十分大方自然，向大家斂衽微福道：

「小女子施月，賤號『雜鶴』，顧名思義，所習乃鶴拳，但師門頗雜就是了。」

開始第一個說話恢宏有力的那人，是一個較爲華衣雍容的中年人，也拱手笑道：

「在下姓胡名福，使金背大刀，外號『好人不長命』，請指教！」

第一輪說話最後一個開腔的人，而今聲音仍是同樣尖銳，人卻是又黑又沉著，骨碌著眼珠子，嘟著腮幫子，有說不出來的不對稱，竟讓人看不出他的年齡大小，只聽他道：

「我叫李鐵釘，武林人給我綽號叫鐵釘，我練的『虎豹龍蛇鷹』，」說著又咧嘴一笑，露出如同鐵星月一般白森森的牙齒又道：

「又有人叫我『黑豆』，因爲我黑，還有七年前來自天竺的高手魯歧大深到廣州時，我曾跟他會過面，交過手，也討教過一些招數，所以也有人說我的武功是來自摩門派源流。不過比起諸位，這都是雕蟲小技，不値一哂。」

康出漁卻臉色一寒，森然道：

「你就是廣西五虎中，最年輕而最難纏的高手，李黑!?」

那小黑人一般的人笑道：

「你說對了。我又有『李黑』這名號。」

這些人的自報名號、自我介紹，顯然跟中原的奇俠異士有很大的不同。

他們不但自報姓名、綽號，甚至武功、家數也不隱瞞，也許他們這樣做是因爲知道：待人以誠，反而是最穩實的方式。

鐵星月最有興趣的是「李黑」。

李黑咧嘴笑道：

「你比我還黑！」

「不敢當！」

邱南顧插口道：

「你的牙齒卻比老鐵白！」

李黑還是笑道：

「不敢當！」

唐方對李黑也很喜歡：

「你知不知道唐朝有個李白？」

鐵星月搶著道：

「就是那個……那個天子呼來不上床……」

左丘超然沒好氣的切斷道：

「船！不是床！」

鐵星月齜牙瞪目，唬了左丘一下，強笑道：

「反正船、床還不是一樣，在古字這兩個字是相通的！」

左丘超然可沒有那麼大的學問，問道：

「真的？」

鐵星月硬著頭皮道：

「管他真假，反正天子是男的，李白也是男的，上船、上床都不必拘禮，嘻嘻！不必拘禮！」

邱南顧聽來也是道理，一副很有學問的樣子道：

「所以李白、李黑都一樣。」

李黑居然也很專心地聽，很誠懇地道：

「完全正確。」

鐵星月高興得跳起來，因爲此人說話、態度、風格都跟他臭味相投，喜道：

「我倆情投意合，我好喜歡你啊！」

李黑轉頭向邱南顧道：

「你知道我最討厭哪一種人？」

邱南顧道：

「你說說看。」

李黑用嘴向鐵星月一呶：

「娘娘腔的！」

這句話鐵星月平時最喜歡拿來罵人，今日竟有人拿這句話來罵他，一聽怎還得了，大吼撲問：「我要揍扁你！」

李黑也作勢欲起，蕭秋水卻上前勸架道：

「有話好說，別打別打！」

三人眼看就要撞在一起，忽然呼嘯一聲，分三頭撲向江易海，鐵星月一拳打出去，蕭秋水一劍刺出去，李黑用手一抓，已把文鬢霜救走，別人根本還來不及出手。

文鬢霜長吁一聲：

「謝謝！」

在這瞬息片刻間，李黑、蕭秋水、鐵星月已擊退江易海，救走文鬢霜，大家仍一時會不過神來，還沉浸在鐵、邱、李三人奇言異語的氛圍裡。

康出漁的眼睛好像要噴出火來：

「你幫他們？」

李黑咧齒笑道：

「康先生不要見怪，我們兩廣十虎的人，素來不喜歡見到有人在受脅情形下談判。」

他用手指了指：

「這位老先生不管是不是文老英雄，落在你們手裡，總是不好，所以就自作決定了。」

柳千變冷笑一聲：

「你們是一路的？」

李黑、蕭秋水相對一笑，李黑道：

「素昧平生。」

柳千變嘿地一笑：

「爲何又如此配合無間、同時出手？」

李黑笑道：

「因爲我會腹語，早在幾位兄姊介紹時，我用天竺瑜珈腹語術，傳給這幾位老友們知道，先把文老英雄救下再說。」

說著又用手一指，指著邱南顧，輕輕鬆鬆地道：

「我們三人救人，由他掠陣。」

杜絕握刀的手緊了一緊：

「那你們是衝著我們來了？」

李黑愣了一下，仍笑道：

「不敢。」

旁邊又老又駝的「躬背老狗」道：

「我們並不偏幫誰，但既來到廣西，總得說清楚才行，」忽然臉色一凝，正色道：

「不過黑豆做的事，我們廣西五虎都認就是了。」

康出漁冷冷地道：「兩廣十虎這樣做，對你們艱辛贏來的名聲，絲毫沒有幫助，搞不好要身敗名裂，還要死無葬身之地。」

柳千變也冷笑道：

「兩廣十虎名聲得來不易，要善自珍惜才是；要不是有人有心保存，只怕……嘿嘿……吃不了，兜著走哦！」

兩廣十虎——廣西：胡福、洪華、施月、李黑、勞九，以及廣東：吳財、瘋女、殺仔、羅海牛、阿水，這十人無一不是身經百戰，諸多歷練，在武林的驚濤駭浪淘汰中仍屹立不倒的好手——這不但要武功高，機智深，還要運氣好，更不能有太多敵人：

——太多敵人，打不贏你，也累死你。

所以柳千變的話是警告廣西五虎不要樹敵。

可是李黑好像聽不懂，笑道：

「吃不了，帶回家，有什麼不好？可以餵狗吃。李白有詩云：『鐘鼓饌玉不足貴，但願長醉不願醒』，你沒聽說過嗎？」

鐵星月可聽不懂那兩句詩，問：

「你說什麼？」

邱南顧一副懂了的樣子：

「反正是李白說的，他說吃飯不重要，喝酒才要緊，這又關你屁事？」

鐵星月怒道：「我……」蕭秋水怕他們罵架誤事，連忙制止。

施月雖是女孩子，但說話卻一點也不客氣：

「好說了，咱們兩廣十虎，未蒙諸位大爺保存，也活到了今天，今日忽給諸位大爺保存，反而受不了，還是請諸位大爺不要『保存』得好！」

江易海一聽大怒，叱道：

「不知好歹的臭丫頭，還不住口！」

那說話豪邁的洪華卻一直不說話，一開口就道：

「打！」

話出未完，一個斗大的拳頭飛了過去！

那邊的杜絕最是憋不住，怒叱一聲：

「打就打！」

雙刀如雪，飛捲而出！

七　廣西五虎

洪華一拳打來，杜絕就一刀剁了過去！

杜絕不相信這些廣州武師能有多大的能耐，「九天十地，十九人魔」的武功是武林公認的殺手無常。沒道理反而怕了幾個地方上的小混混。

杜絕刀快，洪華拳慢，眼看刀要斫中洪華右臂。

忽然洪華右手一收，變成左手出拳，同樣一拳，飛向杜絕鼻樑。

杜絕「刷」地一聲，手中忽又多了一柄利刀，又一刀剁向洪華左手。

洪華神色不變，右拳及時打出，迎向杜絕的刀！

杜絕的刀雖快，洪華的拳看來雖慢，但卻能後發先至，「崩」地擊在刀口上！

杜絕心忖：你的拳多厲害，也不敢攖我利刀之鋒銳，當下全力使刀斫去！

這一下，兩人倏分，震退三步，杜絕刀口崩了一塊，給反震得虎口發麻；那一刀斫在洪華拳上，確也把他的拳背斬出一條白痕。

白痕，而不是血痕。

洪華的拳就像是鐵鑄的。

杜絕臉色一變，失聲道：

「少林神拳！」

只聽「躬背老狗」打氣叫道：

「少林洪，再來一記！」

少林洪華大笑一下，挺身又上，又是一拳打去！

杜絕大喝一聲，化為漫天刀光，旋斬了過去！

杜絕畢竟是在刀法有相當造詣者，這一輪快攻，洪華看得眼花撩亂，實無法招架得住，乾脆一收手，正色道：

「住手，我有話說！」

杜絕一奇，問道：

「什麼話說？」

少林洪道：

「你出刀前都要大喝一聲是不是？」

杜絕愣了一下，少林洪又道：

「出招前不要呼喊，大呼小叫的，會把一口真氣打散，出招時就不能集中全力。」

話來說完，忽然同樣的一拳，疾快無倫地打出去，杜絕出奇不意，「砰」地被擊中鼻子，捂著臉飛了出去，少林洪拍拍手笑道：

「這是學費。」

這一下，真是怪招，把蕭秋水等看得忍俊不住，廣西四虎更是張揚吆喝，以壯洪華聲勢，柳千變冷笑道：

「這是少林神拳？」

洪華笑道：

「拳是少林，打法是粵派，標準的嶺南打法！」

兩廣豪傑似乎地域觀念比家國觀念還重，廣西五虎無不洋洋自得於己是粵人。

柳千變冷冷地道：

「那我柳千變來領教一下你少林拳招和廣西打法。」

少林洪咧嘴笑道：

「請！」

少林洪剛才的確出手打傷了杜絕，可是誰都看得出來，杜絕那一輪快刀，洪華原是抵擋不住的。

「九天十地，十九人魔」的確身懷絕門武藝，廣西五虎的格鬥經驗雖十分管用，但長久拚戰下去，只怕斷討不了好。

可是五虎將好像一點也不擔心。

蕭秋水忽然發覺這粵西五虎也很像自己這一伙人：——像「錦江四兄弟」，像大肚和尚，像老鐵、阿顧，也像「樹林」、「林公子」，一樣的樂天、達觀，知道該去做的，不管一切，該做就做去！

——不知廣東五友也是不是這樣？

就在這時，忽然彈出三點寒星！

屠滾突然出手。

少林洪對峙的是柳千變，誰知道出手的不是柳千變，而是屠滾！

「九天十地，十九人魔」的對敵經驗，比兩廣十虎，也只多不少，如果說到陰謀詐略，廣西五虎則要瞠乎其後了。

洪華怪叫退避，險險被其中一枚暗器打中，且劃破了他的袖子！

如果給屠滾的暗器打中，哪還有命在？

洪華避過三鏢，已十分狼狽，地上的杜絕突然一躍而起，一刀砍在少林洪背後，快得令人無及挽救。

唐方驚呼一聲，少林洪跌出三步，居然笑嘻嘻地回頭，竟然沒事。

杜絕失聲道：

「金鐘罩？」

柳千變目光收縮道：

「鐵布衫？」

這兩門外家功夫絕藝，竟給少林洪華練成，才能硬受杜絕一刀。

少林洪卻澀然笑道：

「是十三太保橫練。」

柳千變等都吁了一口氣，因爲十三太保橫練，純粹是外家練身法，正如街頭賣藥的師傅，叫人以錘碎石，用脖子擰彎槍枝一般，是較爲硬門的雜技而已，卻沒料給少林洪作救命用。

洪華又靦笑道：

「還有童子功。」

「童子功!?」康出漁冷笑道：「沒料到廣西五虎中還有童子雞耶！」

這一下，廣西五虎和蕭秋水等臉色都變了，「雜鶴」施月一步跟前來，臉若寒霜地道：

「康先生，沒料你以一代大俠身分，竟說出這種話來，我柳江人氏施月要來領教康先生高招！」

廣西五虎出現到出手，一直給人十分意料不到的招數，其實這些都是一般市井豪士，擂台比武的慣用技倆、平常武功，但對於康出漁這般武林正宗高手來說，反覺肼手胼足，很不習慣，但康出漁自恃劍術超群，當下傲然道：

「也好，讓妳見識見識。」

施月忽然雙手一展，成鶴啄形、飛鑿康出漁。

康出漁左手一震，右手卻忽然多出一柄劍來，劍如旭日，一下子令人眼睛都睜不開來。

「雜鶴」施月一下子人被捲入劍光之中。

人已不見，只有劍芒。

劍已不見，只有旭光！

旭輝萬丈，蕭秋水等都沒法定睛看清。

只聽一聲清叱，施月已退了出來，居然沒有受傷，可是髻上的珠花散了，髮姿凌亂，雖然在倉惶中，卻更有一種少婦的美和動人。

忽然間，施月又「白鶴展翅」、「飛鶴昇天」，闖入劍芒之中，難道她已有了剋制「觀日神劍」之法？

劍芒又烈，施月再度被吞噬不見。

旭芒更熾。

施月再退了出來，喘息已十分急促。

但在剎那間，施月在康出漁劍芒一斂時，又衝了過去，「餓鶴尋蝦」、「飛鶴搏蛇」、「黃鶴無蹤」、「白鶴西來」，攻了過去。「餓鶴尋蝦」乃少林「虎鶴雙形」中的「鶴拳」，「飛鶴搏蛇」是源出「蛇鶴神拳」的招式，「黃鶴無蹤」竟然是三百年前就銷聲滅跡的「黃鶴真人」之絕技，「白鶴西來」是現存「白鶴門」的基本武功身法。

康出漁手中的旭日，忽然一斂，隨後光芒又熾，後又一斂，然後又烈，如此一暗一明，總共四次，每次劍芒一收時，劍圈中隱有白鶴掠起，但是四度明暗後，旭日神劍的光芒又告大熾！

這一下，施月即刻急退！

又一聲輕叱，劍芒緊追，箍住施月！

宛若鶴唳一聲，施月長身拔起，飛落三丈外，左右肩各有一道血痕，喘息不已，雲鬢全亂。

康出漁劍勢一收，斜指施月，臉色沉冷，但呼吸也甚是急迫。

這一場大戰，總共三個回合，施月被逼退三次，幾衝不出劍網身死，勝負乃分。

康出漁劍尖一振，發出點點厲芒，又捲向施月。

施月臉色變了，急叫道：

「虎豹龍蛇鷹！」

李黑虎地跳前，笑道：

「妳獨家單門的『鶴拳』不支啦！待我五路神拳來領教一下！」

話未說完，竟然以一雙手，左刁腕，右屈指，扣住了康出漁的「旭日劍」！

蛇拳！

康出漁臉色一變。

李黑一刁住劍，哈哈一笑。

鐵星月、蕭秋水、邱南顧三人忍不住齊齊叫了一聲：「好！」

李黑得意忘形，喝了一聲：

「打蛇隨棍，上！」

「嗤！」一聲急響，蛇拳之首，右五指隨劍身直上，飛啜康出漁臉門！

但李黑不反攻還好，一旦反攻，一手必鬆，一鬆之下，康出漁的劍「嗡」的一聲，竟行出一道金虹，順勢刺入李黑腹內！

這上下，鐵星月、邱南顧都忍不住失聲而呼，蕭秋水急道：

「不怕——」

劍刺入李黑腹內，李黑忽又一扭身，彈跳而起，原來只不過在兩邊衣服上刺對穿了一個洞，真可謂「險過剃頭」，饒是李黑游戲人間、也嚇得臉色發白，不過他臉色太黑，看不出來，還勉強咧齒道：

「好劍法！還好我有『蛇形腰身』！」

康出漁冷笑一聲，叱道：

「那我就『斬蛇開道』！」

一劍削去，李黑拔起得快，但烈芒過處，竟被削去一對鞋底，人人都爲他捏了一把汗，李黑怪叫道：

「你估你係漢高祖咩!?」

情急起來，竟說起廣西話，人在半空，忽然一遊，身形十分好看，胸首一昂，十指如鉤，卜卜有聲，卡地抓向康出漁頭頂！

康出漁一閃，跟著閃過，但這兩爪十分怪異，指尖跳動不已，康出漁位置一變，爪向也跟著一轉，康出漁及時一矮身，饒是這樣，髮上金扣連著幾條頭髮也被抓了下來，痛得康出漁一聲虎吼，李黑笑嘻嘻半空擰身道：

「施老妹，我替你攞番既彩頭來勒！我既『龍爪』使得無？」

——剛才康出漁曾挑下施月的髮箍，而今李黑施「龍爪」拔了康出漁的金扣，正好扯平。

然而施月卻急叫道：

「黑豆！注意——！」

李黑回頭一看，什麼都看不見，只有一個奇大無比，看不清也無法看清的太陽，已到了面前！

施月不能救李黑，洪華也不能。

因爲他們是廣西五虎，寧願一對一落敗，不能以眾擊寡勝。

他們都是驕傲的人。

蕭秋水也想援救，但也不能出手。

他剛才目睹施月敗，而其他四虎依然沒有上前救援，只有在分開後，李黑才上前。

所以他了解這些人，除非到了必死關頭，否則在這時候出手，等於是侮辱。

劍芒烈，李黑黑。

因爲李黑太黑，縱使旭日再熾，黑點依然在。

李黑忽然伏地。

「五虎門」絕技：伏地虎。

五指貼掌一收，少林絕藝：虎爪！

烈日當空，但李黑在地上，烈日未罩下，李黑虎爪已抓住康出漁的腿！

李黑的爪，有力、夠勁、又黑又粗，只要一發力，就可抓下康出漁腿上一大塊肉來。

就像老虎的利爪。

可惜康出漁的劍已經到了。

康出漁臨危不亂。

就算李黑能抓掉他兩大塊肉，他的劍也可以把李黑釘在地上，穿個大窿洞！

李黑歎了一聲，他知道這「虎爪」又告無效了。

他立即滾開，突又彈了起來，跳起七尺，猶如黑豹，五指如鑿，鏟擊康出漁！

康出漁出劍一橫，「叮」的一聲，各退三步，兩人臉色都變了一變。

康出漁吸了一口氣，那淬厲外射的劍芒，竟全斂入劍身裡去，那裡劍猶如旭日一般，發出暗紅之金虹，劍尖對準李黑。

這無疑是康出漁全力之一擊。

他矢志要把李黑斬之於劍下。

可是李黑不會站著等他。

李黑拔空，「九月鷹飛」，李黑轉身，「鷹擊長空」，李黑飛降，「神鷹裂兔」，十指直抓而下！

這一招，聲勢之厲，連左丘超然也認爲可媲美第一鷹爪王雷鋒！

可惜康出漁不是兔子。

他的劍尖一挑，已迎向李黑的十指，然後「嗡」的一聲，劍芒大熾。

這次劍芒，比任何一次都熾。

夕陽怒日，照在江上，殘霞漫天，江山如赭，金輝炫張，好一幅淒厲景緻！

李黑猶如黑鴉，置身於如此淒涼晚景中，爲眩日所摧毀，不能自拔！

但如果李黑是黑鴉，黑鴉是會飛的。

李黑「鷹爪」已無效，身形已盡，眼看就要斃命於旭日神劍下，忽又平平飛起，用一種不可思議的身法，遽然掠回了躬背老狗身旁。

他「飛」過的地方有血灑落。

他背後還是給劍風切開了一道裂縫。

蕭秋水忍不住叫道：

「好輕功！」

李黑居然還笑得出：

「不是輕功，是身法！」

話未說完，旭日又到！

康出漁本就矢志要把這「廣州五虎」中最難纏的「黑小子」殺之於劍下。

厲劍又到，眼看李黑無可招架，忽聽康出漁大叫一聲：「哎唷！」然後「嘻嘻」抓足跳動不已，眾人甚奇，原來康出漁腳底下嵌了一枚鐵釘。

眾人不明所以，李黑笑道：

「我又叫『鐵釘』，你沒聽說過嗎？」

原來李黑身退時已佈下了一根朝天利釘，引康出漁來一腳踩下去。

康出漁痛得又叫又跳，怒吼一聲，運氣於劍，要以「禦劍之術」，追殺李黑於劍下。

李黑這下可慌了，叫道：

「老狗老狗，這人我不行，你來你來！」

只聽躬背勞九啞聲一笑，忽然抽出一棍黑杖，一棒子就打了出去！

適才康出漁追擊李黑，蕭秋水等人自是提心吊膽，後來康出漁踩到釘子，蕭秋水注意到施月、洪華、胡福等都為李黑捏了一把汗，又舒了一口氣。

李黑雖敗，他們亦不去救，但卻是極為他耽心的。

他們卻依然相信他們的兄弟能應付這場危局。

這信任比什麼都來得重要得多。

康出漁衝過來，矢志要把李黑誅之於劍下。

但是躬背勞九一棍就掃了過去。

勞九的棍也不知什麼做的，又黑又細，一棍掃出，才劃破長空一聲尖銳的呼嘯！

這一棍打在劍上。

如果是蛇，這一棍恰好打在蛇之七寸上。康出漁使的是劍，這一棍的巧勁，恰好擊在康出漁劍身運力之所在。

劍氣立散。

差一點劍就要脫手飛了出去，康出漁猛一提氣，劍交左手，但心都痛了。

劍是好劍，但被這又黑又臭的棍子一擊，好似連靈氣也擊散不少一般，金芒也剝落了些。

康出漁簡直氣死了。

這又駝又老的老狗手中黑棍，好像真是他寶劍的剋星。

但是蕭秋水這時才知道康出漁有多麼厲害。

康出漁連戰廣西五虎三大高手，其中包括江湖人稱「最難纏的黑豆」，居然不敗，受勞九狙擊之下，依然劍不脫手。

蕭秋水現在才明瞭他父親蕭西樓當日爲何如此重用康出漁，可惜康出漁卻仍然背棄了蕭西樓。

想到這裡，蕭秋水就氣憤極了。

但見到康出漁又心疼又憤怒持著寶劍的樣子，腳板一直因痛楚而翹起的窘態，蕭秋水就忍不住好笑。

唐方卻真的「噗嗤」一聲笑了出來。

康出漁怒不可遏，大喝一聲，舉劍欲刺！

駝背老狗「呼」地一聲，又一棍當頭劈落，一面痖笑嚷道：

「來啦你！」

正在這時，突又掠起一道急風，「虎」地一聲，另一黑突突的拐杖。迎向黑棍撞了過去，「啪」！

兩杖交擊在一起，看來威猛，但相擊之下，沒有分退，反而黏在一起，杖身都冒出了絲絲白氣。

出杖的人正是獨腳彭九。

鑌鐵杖好像就是駝背勞九的乞丐杖之剋星，勞九額上已冒出黃豆般大的汗水。

大家都知道，這種內力互拚之法，是比招式交擊還要可怕得多的事，任何一方若然不敵，想收回發出去的內力，則必死無疑。

這種硬拚，最傷內力，也最耗精神。

可是彭九也沒佔著便宜，他是獨腳，不若勞九看似踏步不丁不八，若無其事，但已汗透衣衫。

柳千變忽然一揚扇，扇中打出一點寒光，直襲躬背老狗！

唐方叱道：「卑鄙！」

正待出手，忽來一面厚背金刀，「噹」地擊落寒光，一掌向兩人手中拐杖相交處擊去，一面朗聲道：

「大家都是武林同道，志在比試，何必互傷!?」

這一掌擊出，彭九、勞九都覺一股大力湧來，彭九只覺一股狂飆襲來，不得不退，勞九也覺一股暖厚的熱炙湧來，不得不收。

兩人一收，才見出掌的人是「好人不長命」，金刀胡福。

胡福這一掌，解救了彭九與勞九互拚傷亡之危。

胡福這一掌，竟能打出兩種不同力道，擊退兩大高手，看來場中廣西五虎，內功修爲要算此人爲最高，獨腳彭九心中不禁暗驚。

躬背老狗退後撤掌，心道好險，這一次力拚，雖可圖個兩敗俱傷，但看來那獨腳人最近是受了內傷，功力方才打了個折扣，否則自己未必可與之扯平。

躬背老狗當然不知道獨腳彭九乃在兩天前，爲鐵星月鐵掌所傷。

柳千變斜眼睨住金刀胡福，半陰半森地笑道：

「好內力。」

金刀胡福淡淡地道：

「過獎。」

柳千變皮笑肉不笑地道：

「只不知武功怎樣？」

他只說了七個字，卻足足攻了二十一招，每一招攻出時，都用不同的角度和方法，而且無一招是相同的。

蕭秋水現在才知道「地馬行天」柳千變是如何「千變」。

可是金刀胡福依然氣定神閒，柳千變的扇子攻到那裡，他就一刀剁下去。

他出刀看來不快，但柳千變攻了二十一招時，他也出了二十一刀。

所以柳千變的招都只用了半式，他不想斷臂，唯有收招。

柳千變攻了二十一次半招，猛吸氣一收，退回原位，長揖道：

「好刀法！」

胡福也收刀還禮道：

「承讓。」

就在他收刀的同時，柳千變突然出手！

他的扇子就攻向胡福拔刀的手。

刀在鞘裡，胡福手裡沒有刀。

胡福來不及拔刀，只好一手抓住扇子。

扇子忽然「得」地一聲，彈出一支銀針，直刺入金刀胡福的脈門！

正在這時，電光火石間，突聽一聲：

「照打！」

「叮」地一聲，一枚飛蝗石擊中銀針，針斷落，石飛開，胡福猶如險死還生，在閻羅王面前打了一個轉又回來。

發暗器的人是唐方。

也只有唐家的人，能在此時十步外發暗器救人。暗器可以縮短一切距離，用暗器救人，可謂「明器」。

胡福回首長揖道：

「謝謝姑娘……」

柳千變冷哼一聲，摺扇一展，「霍」地揚開「地馬行天」四個大字，直拍胡福背門！

唐方驚呼道：「小心背後……」

文鬢霜怒叱一聲，一腳飛出，踢向柳千變，柳千變一退，江易海卻閃身而上，招招擒拿，制住文鬢霜的雙腿攻勢。

李黑因怒柳千變等暗算，罵道：

「兔崽子，下三濫，咱們幹上了！」

躬背老狗啞聲吼了一聲：

「好！」

揮棒就上，胡福卻不動氣，連忙搖手道：

「不可，我們不能在事情未弄清楚真相前，胡亂打一通！」

看來胡福在廣西五虎中年紀雖不最大，但地位卻至尊，李黑和老狗只好硬生生停住不打。

這時忽聽一個溫和、莊敬、沛然的聲音哈哈笑道：

「誤會，誤會，都是一場誤會。」

蕭秋水等回頭一看，心都冷了半截。

來人三綹長鬚，臉色有一股淡淡的紫氣，不怒而威，雙眉斜飛入鬢，氣度從容華貴：威震陽朔屈寒山。

也就是「權力幫」中「八大天王」裡的「劍王」屈寒山。

蕭秋水等一見屈寒山出現，心裡本已冷了半截，現在又冷了另半截。

因為他們看到廣西五虎竟然一起長揖到地，恭聲道：

「廣西五虎，向屈大俠請安。」

屈寒山也回揖道：

「五位客氣，今日這裡究竟是怎麼回事？好叫我丈二金剛摸不著腦袋。」

金刀胡福一臉歉意道：

「我們也不清楚，只是見這位好像是康先生的兄台，以及江老爺子、杜絕擒住了受傷的文老英雄，我們想調停化解，故此出手相助，以致引發一場誤會……」

屈寒山哈哈仰天笑道：

「確是誤會、誤會……」

胡福等也陪笑道：

「哦！誤會，誤會……」

屈寒山依然笑道：

「他怎會是文鬢霜文老弟呢？哈哈……」

胡福等相顧失色，脫口道：

「他不是『腿絕』文鬢霜！」

屈寒山仍然笑道：

「當然不是。你們幾時聽過『武林四絕一君』會單獨行動的？」

胡福等一時都怔住：四絕一君出道數十年來，從來都是五人行動一致的。

屈寒山繼續笑道：

「再且，我與文老弟十數年之交，非同泛泛，難道我也認他不出？哈哈……諸位見識廣聞，其實招式雖然類近，還遠不如真人！」

文鬢霜厲聲嘶問：

「那我是誰？」

屈寒山臉色一寒，臉露殺機，竟令胡福等不寒而慄：

「你是假冒文鬢霜，招搖撞騙，濫殺無辜，權力幫人，『飛腿天魔』顧環青！」

此語一出，廣西五虎不禁大驚失聲，紛紛道：

「他是顧人魔？」

「顧環青是他？」

「那我們幫錯人了！」

屈寒山回首向廣西五虎正色道：

「我絕不怪諸位，諸位路見不平，拔刀相助，乃大俠本色，果是爲廣西五大豪傑；唯此顧人魔，不僅欺騙諸位，在近日武林中，已不知害死多少武林正義之士……唉！此魔不除，江湖中將永無寧日！」

文鬢霜怒極悲笑道：

「哈哈哈……我是顧環青？哈哈哈……我文鬢霜是顧環青!?」

屈寒山一臉正氣，緩緩又道：

「我與諸位相交近二十年，諸位自可信我，這一群年輕朋友，也大都受其奸言所惑。康先生、江老爺子、屠老大、彭兄等都是武林名宿，他們都可以爲我的話作證。他們不知五位，五位大人有大量，不打不相識，自是莫要見怪！大家爲武林正義，不遺餘力，實是武林之福。適才一戰，康先生亦誤認諸位乃權力幫中魔頭，所以才下手不容情，不惜暗算，亦不過爲一『義』字，我謹代表諸家向五位大俠致歉！」

這一番說下來，冠冕堂皇，正氣凜然，真把廣西五虎說得冷汗直流，把文鬢霜等氣得全身發抖。

八 九指擒龍

隔了半晌，廣西五虎低聲議論了一番，金刀胡福站出來尷尬笑道：

「這的確是一場誤會……我們本來也覺得以康先生、彭兄之俠名，怎會作出這等事情……幸而屈大俠及時趕到，才了結這……這一場誤會。要請大家海涵、見諒。」

康出漁冷笑道：

「見諒則不敢當，不過五位他日要行俠，要仗義，還是要問清楚才出手較好！」

李黑忽然截道：

「我們兩廣十虎，天不怕、地不怕，服的只有兩人，在廣東，是梁斗梁大俠，在廣西，是屈大俠，倒不是你康老先生，康先生說這話，未免太托大了一些罷！」

康出漁怒不可遏，李黑這話簡直沒把他放在眼裡，屈寒山卻一擺手道：

「總之是一場誤會……我以『屈寒山』三個字作保證，這些人狐群狗黨，不值五位匡護……至於衝突，茲代表康先生等位向諸位道歉。」說罷長揖到地。

廣西五虎慌忙回禮，少林洪道：

「有屈大俠出面，我們自是心服口服。」

躬背勞九也澀聲道：

「屈大俠開了聲，我們就此不管！」

屈寒山和藹笑道：「幾位如此給屈某薄面，不知可否至寒舍小酌幾杯？能否賞光？」

李黑看了蕭秋水等一眼，歎道：

「恐怕沒有心情了。」

——見死不救，對於廣西五虎來說，心裡確是不會好過。

金刀胡福圓場笑道：

「這幾天梁斗梁大俠要來，兄弟等還要張羅接待，屆時梁大俠來了，一齊去拜會屈大俠，如此可好？」

屈寒山笑道：

「梁大俠嗎？我已經好久沒見過他了。」

蕭秋水忽高聲道：

「你們竟相信這人的話？」

廣西五虎臉上都掠過一陣尷尬之色，李黑澀聲道：

「屈大俠是廣西群龍之首，自是不會騙人！」

唐方也急道：

「我是唐方，我的哥哥唐大，就是死在這姓康的手上。」

說著又指向在一旁氣得說不出話來的文鬢霜：

「他的確是文老前輩，其他三絕一君，都死於這屈寒山手下！」

廣西五虎自是一震，金刀胡福向唐方誠懇地道：

「姑娘救胡某一命，胡某自是感激；只是姑娘說唐大先生已遭毒手，在下卻在十日前，還與唐大先生會面，姑娘說的未免太……」

胡福稱唐方爲「姑娘」而不叫「唐姑娘」，說「唐大先生」，而不用「令兄」，顯然不相信唐方便是唐家的人。

屈寒山也長天打了個哈哈道：

「至於四絕一君，與我相交十數年，我們一同也不知剪除多少江湖宵小，我會殺他們!?哈！哈哈哈……」

雜鶴施月也凝視唐方道：

「不是我們不信任你們，而是你們說的話，令人無法置信。」

蕭秋水長歎一聲，大聲道：

「你們走罷，我們不怨你們。」

於是他們走了。

廣西五虎都走了。

剩下的是蕭秋水、唐方、左丘超然、鐵星月、邱南顧、馬竟終、歐陽珊一、文鬢霜，面對的是「權力幫」的屈寒山、康出漁、彭九、屠滾、杵絕、江易海、柳千變，六個人魔，一個劍王。

屈寒山攤攤手，聳聳肩，居然很溫和地道：

「現在都好了。」

馬竟終緊緊握住歐陽珊一的手，反正面臨的是死亡，他什麼都豁出去了：

「什麼都好了？」

屈寒山笑道：

「應該準備好了吧？要自刎呢？還是要我們來動手？」

屈寒山手上還是沒有劍，但笑意中目光如劍寒：

「要殺你們，易如反掌。前面還有漢四海在等你們，後面也有余哭余在追。」屈寒山目光閃動：

「你們，已無一線生機。」

他們真的無一線生機，連一線生機都沒有了。

單止一個屈寒山，縱使他們八人聯手，也遠非其所敵，何況還有康出漁、江易海、柳千變、彭九、屠滾、杜絕？後頭更有余哭余，前面又有漢四海，他們真連一點機會也沒有。

在他們面前，已經沒有路。

縱使有路，也是死路。

天無絕人之路。

在他們來說，這句話是不是夠諷刺？

他們有信心、熱情、達觀、不絕望，從不放棄努力，絕不背信違義，但他們不易捨棄浣花蕭家的危局，冒死衝出來，要趕到桂林去請救兵，又警告天下武林同道，理應聯手合擊權力幫，爲了完成這點，他們犧牲了一切，甚至折損了兄弟，然而今壯志未酬，困於此地，孤立無援，而且死路一條。

金蘭結義，在他們來說，神州結義之一線生機，此時豈不是要絕滅了？

絕對不可以。

——你們一死，這世界豈不都是權力幫的天下了？

——所以不管你們做的事別人認爲如何愚蠢如何傻，你們都得撐下去。

——好好地撐下去，因爲你們的存在乃是天地昏暗間的一線微明，一點光亮。

屈寒山依然道骨仙風地笑道：

「既然你們不肯自殺，我們只好動手了。」故意壓低聲音又道：

「你們已知道我們那麼多祕密，我們自然沒有法子讓你們再活下去。」

蕭秋水凜然道：

「你要殺就殺，要我們束手待斃，絕不可能！」

屈寒山臉色一寒，道：

「好！我就先殺你！」

屈寒山身形甫動，江易海即道：

「請劍王讓我先行出手。」

屈寒山微笑道：

「好！」

但他笑容立即僵硬。

全身肌肉也馬上硬繃繃起來。

上。

因爲「九指擒龍」江易海的九隻手指，已分別扣拿在他全身三道死穴、五處要穴

他絲毫動彈不得。

他凸出眼睛瞪住江易海，自牙縫裡狠狠切出了一個字：

「好！」

屈寒山說一個「好」字，其怨毒、怒恨無與倫比。

這一個「好」字，包括了「你暗算得好絕」、「你騙得我好苦」、「你做的好事」等意思。

他說完了這個字，就連一個字再也說不出來。

因爲他在全力運功抵抗！

被「五湖拿四海」江易海拿住全身大小十二處穴道，要是旁人，早都倒下去了。

然而屈寒山不倒。

這震嚇只有江易海心裡知道。

屈寒山不但不倒，而且運內力相抗。江易海只能勉強拿住他。屈寒山一有警覺即用力抵抗，江易海強制住他於一時，卻無法置之死地。

江易海本來就想出奇不意，殺死屈寒山，再與蕭秋水等，對抗康出漁這批人。

現在看來已沒有那麼容易。

但是他一定要假裝順利。

唯有如此，才能控制全局。

屠滾、杜絕等都呼嘯著撲了上來，但都在半途停住。

誰都看得出屈寒山的命捏在江易海手裡，誰都不敢妄動。

只有江易海知道他一個指頭都移動不得，稍作移動，屈寒山就得脫反撲。

那時他的處境就不堪設想了。

所以江易海強道：

「你們想要劍王的命，最好先住手。」笑了笑，又道：

「要幫主不責你們之失職，就得聽我的，」江易海一副從容不迫的樣子：

「要是幫主怪罪，你們在這兒賠了個『劍王』，嘿嘿，你們當知懲罰輕重如何了！」

想到幫主李沉舟，康出漁等手都軟了。

不管他們能否擒下江易海，只要給江易海殺了屈寒山，他們的罪名也夠大了。

誰敢惹火權力幫的幫主？

康出漁等縱然有十個膽子，也不敢這樣做。

所以他們只好停了下來。

蕭秋水到現在才弄清楚江易海是幫他們的人，大家都喜形於色。

這局勢急遽直變，蕭秋水禁不住問道：

「你究竟是誰？」

「我是『五湖拿四海』江易海。」

左丘超然忽然失聲道：

「難怪陝北道上，你曾拿住了我，卻沒有殺我，你就是『九指神捕』胡十四！」

江易海笑道：「要不是你師叔，還會給你一個臭屁就臭走？」

左丘超然藝出於第一擒拿手項釋儒，後來加上鷹爪王雷鋒之親傳，在擒拿法來說，武林中已鮮少有人勝之，但比起擒拿大師項釋儒的師弟胡十四來說，確實差得太多太遠了。

但是胡十四早已失蹤多年，消聲匿跡。

胡十四當時與朱俠武合稱捕快中的「雙天至尊」，胡十四近年失蹤後，都不知有多少人在懷念他的功績。

江易海苦笑道：

「因爲我九隻手指，跟別人都不一樣，所以柳大總管還是懷疑我，始終沒讓我接近李沉舟，也沒讓我當上『九天十地，十九人魔』其中之一，所以我花了整整七年，還是掘不著『權力幫』的根。」江易海苦笑道：

「而今我已忍無可忍，不能讓你們白白送死，所以這下出手，殺一個李沉舟愛將屈劍王也好！」

康出漁目光如劍，怒道：

「你是胡十四？」

胡十四笑笑道：

「你的底子，都落到我手裡，你很憤怒，是不是？」

康出漁衝前一步，道：

「爲著權力幫，我不能讓你活回去！」

胡十四冷冷一字一句地道：

「不過只要你再走前一步，我就殺了屈劍王！」

康出漁立即頓住。胡十四即道：

「你們先走，這兒讓我來斷後。」

——他已發現屈寒山的內勁抵抗愈來愈大，恐怕隨時會控制不住：他必須要先撤走蕭秋水等，自己再圖逃脫。

——有屈寒山做擋箭牌，至少可求自保。

左丘超然急道：

「胡師叔！」

胡十四叱道：

「你要是認我是師叔，那就趕快給我走！帶你那班朋友立刻走！」遂而慘笑道：

「並且回去告訴你師父，這個時候不是歸隱可以躲得開的，你不先毀他，他會毀了整個江湖，然後就是你！」

「他」指的當然就是「權力幫」，或者就是代表權力幫的李沉舟。

蕭秋水等舉棋不定，胡十四又道：

「蕭秋水，你們快走，別忘了浣花劍派，武林同道命脈，都繫在你們所要傳達的訊息上！」

蕭秋水忍不住道：

「胡前輩你……」

胡十四強笑道：

「我手上還有這位『劍王』，他們還不敢對我怎樣，而且，我一個人也較容易脫身得多，你們跟著我反而累事。」猛怒目一瞪，叱道：

「還不快走！」

蕭秋水等只好走了。

左丘超然等一行八人，走了約莫一盞茶光景，胡十四長長呼了一口氣。

屈寒山體內的反抗勁氣也沒原先那麼充沛、有力了，雖然胡十四的九隻手指已漸漸發麻，但他已自信有足夠的力量置屈寒山於死命。

所以他沉聲道：

「現在我也想走了，你們能不能提供我個好辦法？」

康出漁沉吟半晌，道：

「你先放了屈劍王，我以名譽保證，讓你活出廣西。」

胡十四大笑道：

「你的名譽擔保，哈……敢情是屈寒山對廣西五虎的保證一樣吧？」笑聲一歇，又道：

「我放了屈寒山，不但活不出廣西，連萬里橋也活不過了。」

柳千變怒道：

「那你究竟想怎樣!?」

胡十四道：「我想還是——」忽然因爲極大的恐懼，而一個字都說不出來。

不但因恐懼而說不出一個字，甚至連說出一個字的能力也沒有，甚至來不及。

因爲他指下屈寒山的內勁驟然增強，如海潮怒漲，海嘯捲天，一下子增加到一倍、十倍乃至於二十倍！

胡十四的九隻手指，因禁不住內力之摧迫而不住彈動起來，顫抖的手指已扣不住屈寒山的要穴。

就在這時，屈寒山一縮，抽身迴劍，寒光一閃，胡十四攔腰被斬爲兩截！

甚至來不及一聲驚呼。

胡十四死時雙目仍睜得老大：他到死才知道李沉舟手下「八大天王」中「劍王」的武功實力！

屈寒山一招得手，即劍棄於地，疾叱道：「快追！」

康出漁等應得一聲，屈寒山卻踉蹌了一步，「哇」地吐了一口鮮血。

他趁胡十四防備較爲鬆弛時，用畢生之力撞開被扣之穴，拚力發劍，殺了「九指神捕」胡十四，但這一下也耗了全力，眞氣游走，震傷了內腑。

但他畢竟仍是獨力在死穴爲對手扣控之中仍殺了人敵。

威震陽朔屈寒山豈是一名捕快所抓得了的——縱使那是位神捕！

逃。

唯有盡快抵達桂林，進入浣花分局，才能歇息。

蕭秋水等心裡確實十分之急，文鬢霜因腿傷而不便速行，鐵星月和馬竟終便輪流抬著他逃跑。

這一位以腿著名的英雄此刻臉無表情，也不知是悲傷、憤懣、孤寂，還是哀莫大於心死？

這一路趕下來，竟已到了興安縣城西五十里之古嚴關。

古嚴關築於西山之間，傳爲秦始皇時所築。附近山石題刻很多，遠遠看去，十分莊嚴。此時已是日落時分。

這時三五漁樵，正踏步晚歸。

蕭秋水等欲急急穿過古嚴關，忽聽後背有兩個樵夫在對話：

「聽說四川武林中出了一件慘案，死了很多會打架的，你知也不知？」

「哦！是那個叫什麼劍派的嗎？好像給人攻破了耶。」

蕭秋水聽到這裡，心裡好像是挨了一鞭似的，全身都揞痛起來。

「可不是嗎？跟權力幫作對，有死無生咯！」

「唔怪之得啦，原來佢地與權力幫作對，想唔死都幾難咯。」

蕭秋水忍不住回頭就要追問這幾位樵夫哪裡來的消息，忽然唐方拉了拉他的衣襟，蕭秋水連忙看回前面，只見日薄西山，古嚴關上，竟直挺挺地躺著五六位樵夫穿著的屍體！

直挺挺的屍首，柴薪、擔架、斧頭都散落在地上，死者臉色發黑，五官出血。

唐方道：「是被人毒死的。」

馬竟終歎道：「都是普通的樵子。」

歐陽珊一忍不住道：「一定是瘟疫人魔余哭余，早佈下了毒，卻誤毒死幾個不相干的！」

「這人魔！」蕭秋水、鐵星月、邱南顧、左丘超然等都很憤怒，他們寧願自己與敵人決一死生，都不願意無辜的人代替他們死。

他們已決定奔過去探查那些樵夫中毒的情況，是否還有藥救。

這時走在較後面的兩個樵夫，也看到前面這種情景了，唬得愣住，其中一人忽然嚷道：「那個不是魯阿根嗎？」

「他怎麼也會在那裡？誰幹的……陰功！阿弟也在那邊！」

這兩人因看到熟人，關心情切，急急搶先奔了過去，揹在背上的柴薪都不管了，往地上一扔，過去蹲下來拍死者的臉頰，悲叫道：「阿弟，阿弟，你怎樣了？」

左丘超然、蕭秋水長歎一聲，兩人對望一眼，想要走過去攙扶和勸慰，一併打探他們浣花劍派的消息。

就在這時，文鬢霜忽然喝道：「等一等！」

難道「腿絕」文鬢霜精厲的眼神裡，又看出了什麼蹊蹺？

文鬢霜一叫，蕭秋水和左丘超然就停了下來。

無論如何，他們都敬文鬢霜是前輩。

就在他們停住身形的刹那，那兩名樵夫身形忽然搖擺不已，踉蹌了幾步，雙手緊握著自己的咽喉，啞聲嘶叫，終於倒下，口吐白沫，搖動了幾下，眼睛如死魚般凸了出來，再也不能動了。

中毒而死。

毒從死人身上來。

當別人一碰死人的衣襟時，毒就從死人的衣褶揚起，侵入生人的手心、呼吸裡來。

所以兩個樵夫立刻中毒身亡。

如果剛才觸摸死人的是蕭秋水，那麼蕭秋水現在當然也是個死人。

下毒的人是沒料到有人先蕭秋水而觸摸到地下的死人，而下毒者所毒死的正是那兩位樵子的親朋，所以這個樵子才會趕在他們之先，去查探死人的情況。

好毒的毒！

蕭秋水立即變了臉色，文鬢霜倏然喝了一聲：「下來！」

一腳踏在古巖關的石牆上，石垣震動，上面卻輕飄飄地落下三個人來，輕巧、無聲。

三個人都是一樣，白衣，寬袖，而臉容像一枚發水的大白饅頭，五官擠在一團，小得可憐。

第一個人笑嘻嘻地道：「我叫余乃汝，他叫余朕孤，還有一個，就叫余我吾。」

第二個人苦口苦臉地道：「我們都是余哭余的弟子。」

第三個人似哭似笑地道：「我們本來要毒死你們，卻毒死了別人，這樣也好，死愈多人，愈好！」

這三個人，如此冷毒，說得稀鬆平常，在他們寬闊的白袍裡，不知隱藏了多少污垢、罪惡。

蕭秋水忽然走過去跟唐方低聲說了幾句話。

余乃汝忽然又道：「我師父就要來了。」

余朕孤臉色木然地道：「我們要在師父未來前解決你們。」

余我吾接道：「你們誰要先來送死？」

蕭秋水猛喝一聲，揮刀撲去，邊叱道：「你們殘殺無辜，我先來領教！」

這三名白袍人忽然俱左手一振，拋出一樣東西，飛襲蕭秋水！

蕭秋水一閃身，避開一物，一迴刀，碰開一物，左手一撈，接住一物，冷笑道：

「憑這些小道技倆也把我……」

忽然一個字都說不下去，臉色倏變，手握咽喉，格格有聲，仰天倒下！

鐵星月驚叫道：「蕭老大——！」

邱南顧連忙想撲過去扶持，文鬢霜喝道：

「去不得！」

九 殺！

只聽余朕孤陰陽怪氣地道：「瘟疫神魔的東西，他都有膽接，死了，也是敢死鬼。」

余乃汝笑嘿嘿地道：「他已經死了，你們誰要跟他去就過來。」

余我吾冷笑道：「瘟神蒞臨，鬼哭神號；瘟疫過處，萬物俱滅——」

他特別把最後一個字尾音拖長，因爲他覺得這樣可以唬人。

喜歡殺人的人，莫不喜歡唬人的。

殺人和唬人豈不是同出於人性的惡？

可是他最後一個尾音卻拖不長。

不僅拖不長，甚至是驟然中斷！

因爲蕭秋水一躍而起，一刀刺入他的腹中。

刀入余我吾腹中的剎那，蕭秋水已用力一推，使之直撞余乃汝！

余乃汝想避，已然來不及，他只見余我吾的背門向他撞來，他立即用雙手按住，卻不提防蕭秋水的刀已從余我吾腰脊穿出來，直刺入他的肚子裡去！

然後蕭秋水立即棄刀，飛起一腳，把兩人踢向余朕孤。

余朕孤乍逢巨變，已然心亂，接住兩人，同時兩人腹中之刀「颼」地一聲又給蕭秋水拔了出來，閃電般劈入余朕孤咽喉。

余朕孤的臉，還是不哭不笑，但加上了一種表情：至死不信的表情。

一個斯斯文文、文文秀秀，略有幾分英悍之氣，看似尚未出道的青年，竟會假裝中毒，出其不意間連殺他們三兄弟，連眼睛都不眨一下。

文鬢霜冷眼旁觀，向唐方道：「蕭少俠在一公亭把斷腿的彭九鐃而不殺，是大俠之仁。而今瞬間誅殺三凶，只因這三個毒物濫殺無辜，確不可饒，決意要殺，絕不容情，此乃俠者之風。」文鬢霜歎了口氣又道：「難得蕭少俠年紀頗輕，卻有大俠之風，而當機立斷，膽大心細，城府深沉，今後武林，必有他這麼一位不可多得的人才。」

唐方在一旁聽了，自是欣喜無限。

蕭秋水攻其無備，一口氣連殺余氏三兄弟，乃趁余氏等以爲他中毒之際。

他接下余氏的毒物，居然不倒，乃是因爲他手上早戴了手套。

唐方的手套。

唐方的暗器有些是用手套來發的，像唐方在烏江邊向閻鬼鬼打出的那一把毒砂時便是。

此時蕭秋水已把手套脫下。

凡是沾過瘟疫人魔一脈的東西，活人都是再沾不得的。

鐵星月禁不住一翹大拇指道：「殺得好！」

忽聽一個聲音冷冷地道：「殺得不好。」

鐵星月猛返身怒道：「哪個王八!?」

只見古老的嚴關後，暮色四伏，不知何時已悄然多了一位白衣人，在幽暗的暮靄裡看過去。不甚清楚。那人有氣無力地道：「是我，你們的索命人。」

邱南顧虎地跳起來，吼了過去：「你是什麼人？」

那人在暗暮中以一個十分怪異、令人毛骨悚然的聲音道：

「我是瘟疫，我在哪裡，那裡就有瘟疫。」

文鬢霜目光收縮，道：「瘟疫人魔？」

那人有氣無力地一笑道：「余哭余。」

文鬢霜忽然衝了過去。

——一公亭，地下洞開，一人飛出，剎那間毒殺了「掌絕」黃遠庸。

——黃遠庸是文鬢霜的兄弟。四絕一君中，除姚獨霧、畢天通、一君顧君山乃是死於劍王屈寒山手中之外，就只有余哭余殺了黃遠庸，所以文鬢霜最恨的兩個人，第一個當然是屈寒山，第二個就是這余哭余。

余哭余現在站在古嚴關之後，暮色昏沉中，有一種說不盡的詭祕、妖異！

文鬢霜飛掠闖入古嚴關，快如一支箭矢。

他的身形沒入關口拱門下，石牆裡的暮色陰影罩下來，吞沒了他。

在陰暗的黑影中，隱約看見文鬢霜腳下一陣踉蹌，出得古嚴關，身影又清晰起來。

可是文鬢霜就撲倒下去，撲倒在余哭余身前，再也起不來，他一雙眼睛凸了出來，遠遠看去，眼神也不知是悲憤，還是諷刺？

因為他已死了。

暮色裡，那白衣人鬆袍寬袖，有說不出的神祕、詭異。

蕭秋水失聲叫：「文前輩……」

只聽余哭余陰陰笑道：「我跟你們不同。你們是拿刀拿劍去拚，我有我的毒物跟你們拚。」又陰陰一笑道：「我在古嚴關佈下了毒，你們過得來，就殺得了我。」

蕭秋水舉目望古嚴關，只見西邊一點餘暉，雄厲的古嚴關嵌在兩山之間，更顯神祕詭異！

把在關口遠處的白衣人，更有說不出的令人頭皮發麻的妖詭！

余哭余就在關前，毒就佈在關內。

誰能衝得過去？——連文鬢霜都衝不過去。

蕭秋水眼中有淚，他決定衝過去，——不只因爲要殺余哭余，更是要替文鬢霜報仇！

就在他要衝出去的時候，忽聽後面有人漫聲道：「你衝過去也沒有用，——因爲你們已經不必衝過去了。」

蕭秋水等猛回頭，只見一清秀白皙的青年在背後的沉暮中，卻悠然對他們微笑：

唐方臉色一變，目光卻發亮：「漢四海！」

那人欠身一笑道：「正是在下。」

忽聽一人大笑道：「還有在上！」

另一人也大聲道：「更有老子！」

追兵來了！

自稱「在上」的，是「地馬行天」柳千變，他輕功高，自然追得較快。

自稱「老子」的是屠滚，他吃過邱南顧一掌，捱過文鬢霜一腳，恨之入骨，自然會追得更快一些。

在他們之後，忽然又來了近百個人，這百來人就像暮色一般，靜悄悄地來，不帶一絲聲息，眼睛卻如餓狼般發著亮。

這些人分兩邊而站，顯然跟前兩路是不同的人馬。這兩批來人的服飾也大不相同，一批約莫六十多人，穿飾如普通人一般，有些商人打扮，有些漁樵穿著，更有些打扮成婦孺人家模樣。

他們跟普通人唯一不同是目如精光，太陽穴高鼓，顯然是內外功兼修的高手。另一批人卻是黑衣勁裝，臉色冷沉，背後一律掛利薄長刀。

這兩批人的頭頭，穿著如普通人的一批，前面站著五個人。五個形貌幾乎一模一樣的人，穿灰色長袍，背負長劍，臉色冷然，五人只是高矮不一。

蕭秋水認識他們，這五人就是「躍馬烏江」一文中提到的，蕭東廣十九年前力挫的「長天五劍」。

蕭東廣名列還在當世「七大名劍」之先，亦因他以獨力擊敗「長天五劍」此役；

蕭秋水雖未見過「長天五劍」，但確聽過蕭西樓的口述。

這五人顯然就是當年的「長天五劍」。

——近聞「長天五劍」已投入「權力幫」，而今看來，確實如此。

——背後六十餘人的裝扮，正是「權力幫」眾潛入各行各業的鐵證。

——昔日「劍氣長江」一役中，蕭秋水等「錦江四兄弟」所殲滅的「九天十地，十九人魔」中的「鐵腕神魔」溥天義一役，已從中得悉權力幫已掌握長江一帶，甚至秭歸全鎮縣的船夫、當鋪，甚至工人。

「長天五劍」曾力敵蕭東廣，合起來武功絕不在「武林七大名劍」之下，五個連在一起，無疑等於權力幫又多了一位魔神！

另外一批人的領袖蕭秋水也認得。

一男一女，男的鬚髮皆黃，怒目豎眉，如一頭巨獅；女的口大如盆，目光精厲，如一頭怒虎。

獅公虎婆！

在「劍氣長江」一文中，曾提及蕭秋水為了一頭小狗受虐而與他們交手，這次交戰，令蕭秋水深深感覺到，縱場中權力幫的人僅只有這對夫婦在，已經夠不好對付了。

更何況有余哭余、屠滾、柳千變、長天五劍，及那一班高手，更可怕的還有一個身分、武功皆高深莫測的：

漢四海。

漢四海微笑道：「你們這可謂『前無去路，後有兵追』。」

唐方卻截道：「君不聞『天無絕人之路』？」

漢四海卻笑道：「那你們就試走走看吧！」

唐方一揚手，紅、藍、白三點蜻蜓飛出！

脫手的時候同時就打到！

快，快到不及設防！

這就是唐方的暗器！

三枚暗器突然不見了。

這三點暗器，突然發出，又突然不見。

漢四海依然微笑。

快，快到不可思議！

這就是漢四海的出手！

他的手好像早已等著唐方的暗器來收。

蕭秋水的心沉下去了。

看來漢四海的武功絕不在「九天十地，十九人魔」之下。

這時鐵星月與邱南顧各自大吼一聲，分左右撲出，矢志要把漢四海擊倒！

就在他們掠起之際，漢四海身上驟然多了一蓬光，然後光蓬分成兩道，一道罩向鐵星月，一蓬蓋向邱南顧！

原來光蓬本身有十二、三樣暗器，其中有飛叉、鐵蒺藜、暗青子、鐵蓬子、飛刀、小劍、銀針，這原本是十幾種不同的暗器，要用十幾個高手才打得出來，而且所發的力道又分七八種，居然都給這人一出手間都發出來了。

蕭秋水忽然覺得這手法很熟悉。

這時鐵星月與邱南顧已狼狽地退了回來。

唯有退回來才能避過這些無法擋、無法防的暗器。

蕭秋水的心簡直冷了。

他發覺此人的武功絕對在「九十天地，十九人魔」之上。

這人到底在「權力幫」裡是什麼身分呢？

漢四海悠然笑道：「後退既無希望，只好前衝了。」

眾人禁不住回頭，只見暮色更沉，夜色已臨，古嚴關口的白衣人也似鋪上一層灰暗。

只聽余哭余森森地道：「要前衝，就得過古嚴關。」

「千手人魔」屠滾「桀桀」笑著向邱南顧指了一指，道：

「這人要留給我，他暗算了老子一掌。我要他後悔爲什麼要生出來。」

「鐵扇神魔」柳千變「霍」地張開摺扇，陰笑道：「那女的倒要留給我。」

獅公突然低吼了一聲道：「蕭秋水留給我！」

虎婆森然張開了大口：「我們要把他撕開來吃了！」

長天五劍沒有作聲，卻一齊緩緩解下了佩劍。

漢四海歎了一口氣，攤攤手笑道：「看你們年紀輕輕，卻有那麼多人恨之入骨，我也沒有辦法。」

左丘超然冷笑道：「你少來假惺惺！」

漢四海忽然提氣道：「余老兄，看來這幾個人是要往你那兒衝，你一人在那兒，要不要多我一個作伴？」

那邊的余哭余有氣沒力地道：

「漢兄肯來，歡迎之至。只不過古嚴關不易渡。」

漢四海笑道：「那沒什麼。」回頭向柳千變等道：「這兒就全仗諸位了。」

柳千變自是暗怒漢四海的狂態，但知此人乃是權力幫智囊柳隨風的密友，誰也不敢得罪，陪笑道：「漢兄放心，保管一個不漏！」

漢四海悠然笑道：「有勞諸位了。」

話一說完，倒飛出去，一個觔斗，就翻過牆頭，落到佘哭佘身側。

數丈高的牆頭，竟給漢四海一翻就翻過去了，根本不必過古嚴關口，甚至翻牆時連看都沒多看一眼。

蕭秋水的心簡直落下去了。

漢四海的武功簡直可以跟屈寒山相較！

他們已無路可走。

誰說「天無絕人之路」？

擺在他們面前的，就算有路，也是絕路。

絕路通向死路。他們縱有路，也給人堵死了。

暮色已經過去了，夜色已經來臨了。

他們的希望豈非如同夜色一般漫長、一般無望？

唐方望著天上挑起的第一顆晚星：黃昏星，眼睛不禁發了亮。

晶瑩的星光。

余哭余也禁不住道：「好輕功！」

漢四海淡淡一笑道：「是真的好嗎？」

余哭余奇道：「當然是好。」

漢四海洒然一笑道：「不見得吧！」

余哭余沒有再說話，他在等漢四海說下去，漢四海果然說下去：

「其實在我翻過牆頭時，余兄心裡是在想：這小子實在太狂了，要不是看我跟柳五總管有交情，而且又是屈劍王介紹來的，你早就要毒我一毒，給我點厲害瞧瞧了。」說著又笑道：「不知我說的對不對？」

余哭余的臉色變了變，卻仍然陰聲細氣道：「漢兄太多疑了罷！」

漢四海大笑道：「這樣好了，爲使余兄心服，我們一齊來賭一賭。」

余哭余不解道：「賭什麼？」

漢四海伸出白皙的手比了一比：「殺人。」

余哭余居然提高了聲音：「哦？」

漢四海輕笑道：「殺那一班人，你用毒，我用暗器。」

余哭余心忖：我用的是毒，殺人於無形，難道還會遜於你不成？當下冷笑道：「如此甚好。只不知你要何種賭法？」

漢四海眼睛發亮：「賭殺人，看誰殺得快，看誰殺得多。」

余哭余即道：「什麼時候開始？」

漢四海斬釘截鐵地道：「現在。」

他話一說完，余哭余的雙手就伸了出去，立即就發生了一件很詭祕的事。古嚴關的蒼古石牆上的磚塊，忽然如一層薄薄的暗青，迅速地游移前來，乍看似一層薄霧，但仔細看去，又像千萬條小蟲一齊向前蠕游而至。

唐方忍不往失聲叫了起來，馬竟終也動容道：「蠱毒！」

蠱毒是既不可滅，又毀不得的，是為武林中人最為頭痛的毒物，蕭秋水等前有蠱毒，後有強敵，真是無可走避，更驚人的是「瘟疫人魔」余哭余竟可遙控蠱毒，簡直已到了匪夷所思的地步。

就在這時，余哭余忽然變成一隻刺蝟。

余哭余是人，怎麼會變成一隻刺蝟？

其實余哭余不是真的變成一隻刺蝟，而是在刹那間，被上百口長針齊齊釘在身上，所以像刺蝟一樣。

余哭余悲吼了一聲，漢四海卻笑道：「我贏了，我先殺了一個。」

然後余哭余就倒了下去，倒在文鬢霜的屍首旁，文鬢霜凸出的雙目恰好瞪住他，也不知是悲哀，還是諷刺？

殺人者人恆殺之。

余哭余一死，他的蠱毒都奇跡一般地消失不見。

然後漢四海「呼」地一聲，穿古嚴關而出，掠過蕭秋水等人面前，邊笑道：

「現在前有去路了。」

然後飄巧地落到柳千變等人面前，柳千變等都唬了一下，不禁向後退了三步，漢四海仍然瀟洒地微笑著。

漢四海殺余哭余，這一下突變，委實太詭奇、太驚人、太出人意料。

這一下不但柳千變等無法接受，連蕭秋水等都不敢置信。

屠滾忍不住切齒道：「漢四海你——」

漢四海輕輕地「嘿！嘿！」笑道：「我不叫漢四海。」

柳千變的臉色似有些變了，囁嚅道：「你是……？」

漢四海仰天大笑道：「我不姓漢，我姓唐。」

唐方居然也接道：「漢唐都是盛世。」

唐四漢撫掌笑道：「四海之內皆兄弟也。我也不叫四海。」

唐方亦微笑道：「他不叫四海，他叫朋，朋友兄弟的朋。」

唐，朋！

唐朋！

十 漢四海與唐朋

「漢四海」居然向蕭秋水等擠擠眼睛，輕輕「嘿、嘿」笑了兩聲，道：

「唐方的唐，朋友的朋。」

唐朋！

唐家唐朋！

唐家最善結人緣的唐朋！

蕭秋水一下子完全明白過來。

難怪「漢四海」出現時，唐方眼眸會發亮。

唐方當然知道「漢四海」並不是「漢四海」，而是唐朋！

難怪「漢四海」一出手時，蕭秋水會覺得眼熟：

因爲那是蜀中唐門施放暗器的獨門手法，蕭秋水先後曾跟唐柔、唐大、唐方結交過，當然熟悉這種獨一無二、舉世無匹的暗器手段了。

「獅公虎婆」也沒有妄動。

「長天五劍」依然淡淡地、近乎冷漠地靜觀變化。

「千手」屠滾卻真正跳了起來，厲聲道：

「你殺了余哭余？」

唐朋嘿嘿笑道：

「你要不要去問余哭余？」

屠滾瞳孔收縮：

「你是臥底!?」

唐朋還是「嘿嘿」笑了兩聲：蕭秋水忽然發現他得意時總喜歡嘿笑幾聲，聲音有些怪異，但並不刺耳，也不含惡意；只聽唐朋道：

「權力幫要滅唐家堡，是夢寐以求的事，我們唐門子弟，怎會完全沒有提防？」

「暗器卅六手」屠滾叱道：

「久聞四川唐門暗器之法獨步無雙，今日我們倒要領教。」

他說完「我們」，回過頭去，卻見柳千變他們並不那麼「我們」，不覺心虛，變了臉色。

唐朋笑道：

「請動手。」

「暗樁卅六路」屠滾怒道：

「你們幹嚒？怎麼都不出手？」

柳千變尷尬一笑，正欲啓口，卻欲言又止。

唐朋卻道：

「你不動手，我倒要先下手了。」

「千手人魔」屠滾知道大敵當前，不能再大意，猛回過身來，全神對敵。

他一面回過身來，同時「嗤嗤」兩聲，從他左右肘部響起，響起時已打到唐朋身前！

先下手爲強！

這一下出擊之快，不容人閃躲！

唐朋沒有閃躲。

他倏然出手，左右中指一彈，「的的」二聲，暗器打偏。

就在這時，唐朋臉色變了！

他突然飛昇而起，飛越十尺。

蕭秋水等大惑不解，屠滾施放暗器時，唐朋不避，暗器被彈落地後，唐朋反而逃避。

人在半空，是最忌對方以暗器射擊的，暗器高手如唐朋者，怎會不知這個道埋？

但蕭秋水很快就明白了唐朋的用意。

因爲唐朋剛才站立的地方已響起輕微的、幾近無聲的「噗噗」二聲微響！

暗器射入地面。

勁風撲面、急而快的暗器只是晃子，這無聲但陰毒的暗器方才是主力。

蕭秋水等不覺捏了一把冷汗——要是屠滾對付的是自己，自己現在還會有命在嚒？

唐朋在夜空中白衣如雪，一出手，已封死了屠滾的攻勢！

七枚鋼鏢，飛旋打出，竟然都沒有固定的方向，在夜空中不住閃動，然後接近目標時，突然速度增快，全力射向屠滾身上七個要穴！

屠滾失聲叫道：

「七子鋼鏢！」

蕭秋水一聽，心頭一震，「七子鋼鏢」就是昔日唐大在浣花劍派聽雨樓前，用以誅殺「百毒神魔」華孤墳的「千迴蕩氣，萬迴腸」的「七子鋼鏢」！

「七子鋼鏢」一出，狡獪高強如華孤墳，尚且難免一死；雖則華孤墳也毒傷了唐大，但「七子鋼鏢」剎那間的光芒，卻在觀看過此場戰役的人心中永不磨滅。

屠滾也是暗器名家，他當然識貨。

他就地一滾。

這一滾，十分怪異，竟似唐朋飛越古嚴關一般，一滾丈八遠。

「七子鋼鏢」居然落空。

屠滾的滾，曾經躲開唐方的絕門暗器，也曾逃過文鬢霜等聯手攻擊。

他的「滾」正如柳千變的輕功，雖然不如輕功好看，但無疑功效更大。

唐朋臉色卻微變，他深深地知道，要是他二次出手還殺不了屠滾，有兩種十分不好的後果會出現：第一是自己未必制得住屠滾，第二柳千變等人極可能會有膽子對他出手。

最後一點尤其重要。

所以他就撒出了「雨霧」。

「雨霧！」

唐方就是用「雨霧」搏殺了「三絕劍魔」孔揚秦！

唐家雨霧！

屠滾怪叫，雨霧一出，他就在雨霧中，他的嘶叫在夜色中如鬼哭神號，令人毛骨悚然。

殺人的雨，殺人的霧。

但是他居然衝出雨霧之中。

他雖然一身是血，但卻未死，一矮身，居然不見了。

唐朋輕巧地落下來，「嘿、嘿」笑了兩聲，道：

「好厲害的暗樁卅六路！」

「落地生根」馬竟終忽然跳出來，打量了一下地面，冷冷地道：

「這遁土法瞞不過我！」

說著一拳往地上打了下去，「蓬」地一聲，泥土竟是鬆的，馬竟終一拳打入沙中，這時便聽一聲撕心裂肺的慘呼：

這呼聲半途切斷，就像雞啼的時候突然被切斷了脖子。

馬竟終這一拳，正打在臥伏在土中的屠滾之背脊上，擊散了他的功力，打碎了他的腰骨，把他一拳擊殺於土中。

他彷彿自己找好了埋葬的地方。

馬竟終皺著眉頭，緩緩抽出了手，穩穩地大步踏了回去，站到原先的地方。

奇怪的是柳千變等始終沒有出手救助屠滾，這點也是讓屠滾至死都不明白。

唐朋目光閃動，笑道：

「這位朋友馬步好紮實。」

蕭秋水替馬竟終答道：

「他外號就叫『落地生根』！」

唐朋嘿、嘿笑道：

「原來是馬兄，」又恍然道：「難怪一眼就尋出屠人魔的『根』了。」笑笑又道：

「幸好他在馬兄眼下無處遁形，否則給他逃了，嘿嘿，」唐朋說這話時竟是對著柳千變等面前說的：

「那麼對大家都不好，很不好了。」

柳千變的臉色彷彿有些不自然，卻強作平淡地道：

「你們殺了屠滚，只有更死得快一些而已。」

唐朋笑道：

「你要爲他報仇？」

柳千變沒有作聲，唐朋又道：

「今晚之事，你不說，大家也不會說的。」

柳千變側首看了看，忽然低聲道：

「他們呢？」

唐朋嘿、嘿笑道：

「這點你倒不必耽心，獅公虎婆，你們的孩子還在唐家，一切安好，不用費心，只要有我唐朋存在的一天，您兩老的獨生子都會活得比什麼人的孩子都快活。」

說著又轉向「長天五劍」道：

「想當日五位也曾爲私仇殺：柳五總管表弟柳飛奇，雖說當時諸位不知他就是柳五總管的親屬，可是此事若給總管大人知道，恐怕比死還難過；」唐朋舒了舒身子，道：

「今日我殺了屠滾，在柳五先生看來，恐怕還不會比五位誤殺柳飛奇來得嚴重，嘿嘿嘿，」唐朋又悠然道：

「所以，五位跟小弟一樣，都想好好地活下去……」

「長天五劍」中最高的一人忽道：

「想好好地活下去，」

次高的一人接道：

「就得閉上嘴，」

矮一點的人即道：

「這點我們自會曉得。」

更矮的人跟著道：

「唐兄也必然曉得，」

最矮的人總結道：

「所以我們大家都不會說。」

唐朋撫掌笑道：

「五位果然是明白人，那麼由你們統領的弟兄們更不會亂說，」說著又轉過身來，面向柳千變，笑道：

「現在你可放心了？」

柳千變歎了一口氣，頹然道：

「我能說不放心嚒？」

唐朋端詳著他，道：

「哦？」

柳千變恤然道：

「敢說不放心的人，如余哭余，現在已變成了刺蝟；像屠滚，已變成了泥人。」

唐朋目光轉動，忽道：

「不過柳公子不說不放心，倒不是爲了他們的死，而是柳公子曾受命於李幫主，調查長江水路天王朱大天王是不是朱順水朱老太爺的真象，柳公子惜身如命，要探出真相，自是不容易，只好僞造證據報上去，說朱大天王果是朱順水，可是……」唐朋笑了笑，又道：

「兄弟我則有柳公子沒親身去調查的證據……」

柳千變臉色大變，忽道：

「幫中刑罰，你是知道的！」

唐朋也正色道：

「生不如死。」

柳千變額頂彷彿已有汗淌下，急道：

「好，此事我不管，你……也請你不要管我的。」

唐朋立即斬釘截鐵地道：

「這個當然。」

柳千變不安地看看獅公虎婆、長天五劍等道：「那末我們都不能亂說了？」

唐朋眨眨眼睛，笑道：

「我們大家都是有祕密的人了，只要一件祕密被掀露，所有祕密都會被揭開，」

唐朋又嘿、嘿笑了幾聲：

「我們大家當然都不願意自己的祕密給人揭破。」

一場即將掀起的大廝殺，而今竟已和平安詳，獅公虎婆不想動手，長天五劍亦不願意先動手，柳千變更不願意動手。

他們已有了共同的祕密。

這一場喋血干戈，卻給唐朋幾句話平息了下來。

古嚴關在夜色中看來，又恢復了雄偉，沉穆，壯闊的氣態。

唐朋依然談笑風生，一陣月明清風吹過，也不知怎的，蕭秋水心頭忽然生起了一種寒意。

這長袖善舞的唐朋，無疑已控制了大局，唐家堡究竟還有多少人，已潛入權力幫？除了權力幫，唐家還有沒有人潛入別門別派？究竟是號令天下的權力幫唯我獨尊，還是潛力暗伏實力不明的唐門勢力無匹？

蕭秋水忽然對應對自如的唐朋心生了一種莫名的恐懼，不過他又舒了一口氣：

幸虧他所遇見的唐門弟子，爲人、修養、行事都很不錯。

雖然他也知道他所遇到的，只不過是唐家年輕一代的高手。

他們走了。像來時一般，走得全無聲息。

他們彷彿根本不存在這裡，所以現在忽然不見了他們也像是理所當然的事。

月明星稀，唐朋拍了拍手說：

「結了。」

唐方瞇著眼笑道：

「就知道是你這個調皮鬼，阿猛呢？」

——唐朋的年紀本就比唐方小，唐朋雖交遊滿天下，但唐家的規矩依然不可犯，唐朋在輩份上還是要叫一聲「方姐」。

只聽唐朋笑道：

「猛哥麼？他到浣花分局去了。」

唐方又問：

「唐剛大兄呢？他有沒有出來？」

唐朋答道：

「他沒出來，老太太命他和阿宋到朱大天王那兒去刺探。」

——「老太太」就是「唐老太太」，唐老太太據說是唐門一脈，現存最神祕也最有權威的女人。

——「阿宋」就是唐宋。此人在唐家中，武功、出手、形跡都令人高深莫測，無從捉摸。

——蕭秋水忽然省起：昔日浣花蕭家一役中，唐大曾經肯定孔揚秦就是「三絕劍魔」，而這消息是唐朋說的。唐大當時非常肯定，這消息一定正確。

蕭秋水現在才知道原因：

——因爲唐朋就是「漢四海」，漢四海已潛入權力幫之中。

唐方溫柔一笑道：

「我介紹你認識，他們是——」

唐朋笑著截道：

「不必了，我早聽屈寒山等說過了，」唐朋故作神祕地道：「妳知道，來自敵人的介紹可能更傳神，更加繪影圖聲，龍現虎活。」唐朋嘿、嘿一笑又道：

「現在你們已是大大有名，格殺溥天義、孔揚秦、沙千燈、閻鬼鬼等的事已不逕而走，權力幫已把你們當作頭號敵人來辦，至於跟權力幫對立者都以深切期望寄予你們。」唐朋笑笑又道：

「我在權力幫中，所以我知道這些。你們能驚動八大天土中的屈寒山，可見武林人士亦爲之側目；而今又殺死余哭余、屠滚，只怕武林中更傳得漫天風雨，連柳五總管柳隨風，說不定也要爲你們費心費力。」

這幾句話說得無疑比奉承更有力，鐵星月忍不住一拳搥在大腿上，邱南顧眼睛也發了亮，連平時沉著穩實的馬竟終，也忍不住喃喃道：

「好，終於能把權力幫搞個天翻地覆，也不枉此生了。」

歐陽珊一悄悄伸出手來，緊緊地握住了他的手，馬竟終卻發覺她手掌發冷，轉過頭去，只見她額上有滚圓的汗珠，敢情是因爲剛才緊張，所以動了胎氣。

蕭秋水卻仍沒什麼兩樣，笑道：

「余哭余和屠滾，卻是唐兄弟殺的。」

唐朋笑道：

「不要叫我唐兄弟，我們唐門有個親屬，也叫唐兄弟的。蕭老大叫我阿朋就好；」唐朋接著又道：

「余哭余、屠滾一定要是你們所殺的；」唐朋目光閃動，「要是我殺的，在權力幫就待不下去了，」唐朋嘿、嘿一笑又道：

「你們可以直說余哭余是方姐殺的，他死於暗器；屠滾是馬兄殺的，他確是歿於馬兄拳下。所以這件事，完全與小弟無關。」

馬竟終點點頭道：

「我明白了。」

蕭秋水心中一寒；另一方面又很佩服：唐朋年紀小小，但武功之高，遠在他們之上；而城府之深，又遠超他的年齡。

唐朋一雙靜定的眼神卻凝向他：

「不知蕭大哥認爲如何？」

蕭秋水正欲回答，忽聽一人拍掌笑道：

「他一定並無異議。能殺『九天十地，十九人魔』是飲譽江湖的事，你們真該爲唐朋鼓掌才是。」

月明星稀，清風淡漾，又一陣輕輕的拍掌聲傳來。

唐朋的臉色卻突然繃緊。

這時只見黑夜中，明月下，一個人自古嚴關倒退了出來。

此人一身白衣，腳步踉蹌，雙手似捂著前胸，唐朋皺眉道：

「柳千變……」

柳千變忽然回過身來，張大了口，睜大了眼，月色下，臉色一片透明的白，胸前，一個洞。

一個劍孔。幾乎對穿而過的傷。

柳千變臉色愈來愈白，幾近透明；衣衫上的血紅卻愈來愈紅，血染愈來愈擴張。

他的瞳孔已散亂，張大了口，好不容易才迫出了一個字：「我……」狂吼一聲，倒地而歿。

蕭秋水倒抽了一口涼氣。

月色下，那班如潮水退去的人，又忽然如潮水昇起，回到了寂寞的沙灘一般地回到了原來的地方。

獅公虎婆、長天五劍，還是冷漠無情的樣子，只不過眼裡卻多了一種神色：恐懼之色！

然後一個人繼續拍掌，走了近來。

這人三綹長鬚，飄飄不已，月下如此清瞿，就像畫像中的人物。

這一次卻連唐朋都變了臉色：這人不是誰，卻正是威震陽朔屈寒山！

劍王屈寒山！

他背後跟著三個人：一個是彭九，一個是杜絕，還有一個人，是個穿大紅袈裟的和尚！

屈寒山笑了：

「你是不是在奇怪他們怎麼一下子都變了節？」

「其實這也是正常的。我先殺了一個頑劣的，其他幾個，只好聽我的。」

「你一定奇怪我爲什麼不殺其他的人呢？」

唐朋搖搖頭，道：

「不奇怪。他們有把柄捏在你手裡，豈不是更好！」

屈寒山大笑道：

「不單好，而且妙！你是聰明人，柳五總管果然沒有看錯你！」

唐朋臉色發白：

「柳隨風知道？」

屈寒山笑得三綹鬍鬚飄忽不已：

「柳五總管還有不知道的事麼？」

唐朋笑得有點發苦：

「看來我的戲白演了。」

屈寒山笑道：

「倒不是白演，而是演到此爲止。」

——若人生如戲，那屈寒山的意思是說，唐朋的戲台要落幕了。

唐朋苦笑道：

「屈劍王的劍法，我是佩服的。『獅公』、『虎婆』的『獅虎合擊大法』，更是非同凡響；『長天五劍』的『排雲五劍陣』，亦是大大有名；還有杜絕的快刀，彭九的拐杖，魔僧的『大開碑手』與『神祕血影掌』……」

屈寒山微笑道：

「所以你連一絲機會都沒有。」

唐朋卻指指唐方等道：

「既然我連一絲機會都沒有，好不好讓我有個空隙把後事向我的朋友們交代？」

屈寒山依然笑道：

「不行！」

唐明奇道：

「爲什麼？」

屈寒山哂笑道：

「你足智多謀，在我面前，卻玩不出花樣……」目中精光一閃，又道：

「何況……何況你們都得死，不但連一絲活命機會都沒有，連一個活命的可能也沒有！」

唐朋居然還能嘿嘿笑了兩聲，道：

「真的那麼狠？那麼絕？」

屈寒山微笑道：

「就算我不狠、不絕，也有人決不放過你們！」

他一說完了這句話，身後的紅衣番僧忽然發出了一聲低沉、野獸般的怒吼：

「誰是蕭秋水!?」

蕭秋水一怔，只見這番僧滿頭刺青髮腳鬚根，目若銅鈴，唇紅如血，卻並不認識，當下答：

「我就是！」

番僧吼道：

「你殺了英劍波！」

蕭秋水奇道：

「我不認識這個人！」

番僧怒道：

「你殺了我徒兒不敢認？」

蕭秋水猛然醒悟，昔日在「劍氣長江」一役中，「謫仙樓」上被溥天義之手下「兇手」暗算，僥倖不死，在酒樓上大打出手，「兇手」曾用「少林虎爪」力戰蕭秋水，旋被蕭秋水啓悟自顧君山的「虎爪功」擊敗，當時左丘超然和鄧玉函觀戰，曾經判斷此青年「兇手」就是少林叛逆「佛門魔僧」血影大師的傳人！

而今這番僧顯然就是「九天十地，十九人魔」中的天魔血影大師！

蕭秋水恍然道：

「哦，原來他就是英劍波！」

血影大師一張血衣，叱道：

「既殺我徒，償還命來！」

屈寒山卻用手作攔狀道：「大師不必急，他們遲早都逃不出我們掌心。」

血影大師似對屈劍王十分信服，居然退後默立一邊。

唐朋摸摸鼻子笑道：「你們是如何發現我來臥底的？」

屈寒山笑道：「出手。你的演戲天才不錯，連柳總管都沒有發現，但你的出手跟唐門實在太相近了，加上前幾天戍都蕭家，唐方曾對孔揚秦一語道出唐家要與權力幫為敵，柳五總管就要我特別盯住你了……」

唐朋苦笑道：「那是最近的事了？」

屈寒山微笑道：「幸未太遲。」

唐方忍不住赧然插嘴道：「朋弟，都是我不好，一時失言，害你……」

唐明大笑道：「事已至此，何須多言。」

屈寒山也笑道：

「這才對了，引頸就刎，可免受苦……」

唐朋笑容一斂，鐵青著臉道：「誰說我們引頸就宰，坐以待斃了？」

屈寒山也笑意全失，冷如寒冰道：「你真的要我出手？」

唐朋忽然又嘿地一笑：「也許我還是少數可以向你出手的人！」他這句話一說完，七子鋼鏢就打了出去！

不單打出七子鋼鏢，而且連打三套；三套廿一柄飛鏢！

明明沒有劍，忽然多了七支劍！

每一支劍閃動七次，就是刺出七劍！

七子鋼鏢二十一支，全給激飛出去！

屈寒山好像就算準鋼鏢會向他哪一個部位打來似的，每一出劍，就挑飛了鋼鏢。

然後屈寒山的劍一收而沒。

屈寒山身上又變成沒有一柄劍。

連一柄劍也沒有。

但是唐朋立即就發出他的「雨霧」。

唐朋的雨霧真如下了一場雨：血雨！

血雨紛飛，一下子佈滿了天，唐朋回首猛喝道：

「走！」

突然劍光一閃，突雨霧而出，一劍刺入唐朋胸膛！

唐朋猛飛起，胸前衣衫已染紅了一大片。

然後權力幫的人引起一陣騷動：有的被「雨霧」打中，有的因避「雨霧」而亂了秩序，但沒有驚呼，也沒有慌亂，因他們都是權力幫的好手。

但無疑這也是逃走的最好時機！

唐方剛剛掠起，想助唐朋一臂之力，刀魔杜絕已化成一片刀光襲來！

蕭秋水也想過去幫忙：唐朋看來傷得不輕。忽然紅影一閃，接著一聲怒吼，魔僧血影已向他瘋狂出手。

左丘超然剛躍起，就發現他落入一片寧靜的劍海。這片寧靜但周密無縫的劍海乃來自五柄劍的交替組織，幾乎慎密得連一隻蚊子都飛不出去，那是「長天五劍」的劍陣。

這劍陣叫善使擒拿手的左丘超然無從下手。

馬竟終和歐陽珊一所遇上的是「獅公虎婆」，這兩人一面發出尖嘯與虎吼，一面凌厲出擊，饒是馬竟終如此沉定的人，也不禁擾亂了心神。

何況他身邊還有個懷孕的愛妻歐陽珊一。

鐵星月和邱南顧揮拳衝了出去，就落入了人海中。

各式各樣的兵器，各門各派的打法，但特性都是相同，又狠又辣！

鐵星月揮拳痛毆，有人捂臉哀退，但立即又有人補上這個缺口；邱南顧打出一條血路，但立時又發現這條血路沒有路。

然後鐵星月和邱南顧也染上了血，愈染愈多，也不知道是自己的血，還是別人的血？

古嚴關在黑夜中，月色下靜如巨龍的聳峙，彷彿冷毒地觀看這一場厮殺的結果。

灕江水在遠方流。

湘江水在遠方流。

流轉。月照黑空，江水如鱗。

江水、江水，幾時才能洗盡人類的惡？

十一　蕭家老大

桂林。

灕江自北向南，繞經城東，向南流去。

昔顧祖禹論其形勢曰：

「桂林，奠五嶺之表，聯兩越之交，屏蔽荊衡，鎮攝交海，枕山帶江，控制數千里，誠西南之會府也。」

月照灕江水，水仍千年萬載的流淌，粼粼的波濤如大海的起伏沉思，在宇宙之旅中哀思與靜息，在人生之旅中何其不然。

蕭家老大不禁背負雙手，太息了一聲。

蕭易人是個瘦削，看去深沉精明的人。他唇邊的兩撇髫子，使他略瘦的身軀略添凜威。蕭易人在武林中的脾氣，可與湘北杜殺狗，潮州李拳頭，雲貴牛風馬並列；但蕭易人有脾氣，卻不易發作。

但一發不可收拾。

也就是因爲他懂得如何發作，如何收斂，這脾氣變成了蕭易人在浣花劍派中人人畏懼，而又心存敬服之特點。

浣花分局的飛簷躬揚於蒼穹，成爲了蕭易人身後背景。在這古老的飛簷映照下，蕭易人原有幾分大志，但卻因一事而十分消沉。

「派去與總局聯系的三撥人，怎都沒了消息？」

「怎麼爹連個音訊都不捎來，這不像爹做事的一貫作風啊！」

「要是自己去探個究竟，萬一這邊出了事，誰來幫孟師叔應付局裡的事？」

「據知權力幫好像跟成都浣花對上了。浣花雖是武林三大劍派之一，但於此際與權力幫鬥上了，是絕對討不了好的。」

「唉，不知浣花溪那兒怎樣了？」

江水滔滔，古老的河堤有寂寞的風，天心月明。

蕭易人身邊有兩個人，一個人高大威猛，一個人魁梧沉實。

蕭易人道：「看來老二明兒得要去走一趟成都。」

沉著的人道：「我也正有此意。」

威猛的人道：「我陪二老哥去！」

高大威猛的人是唐門子弟唐猛；平實穩健的人是蕭家老二蕭開雁。

蕭易人確實知道：有他們兩人在，成都浣花猶如虎添翼。

就在這時，忽聽唐猛「嗯」了一聲，一個掠身，自江水中閃電般撈起一樣東西又掠了回來，在月色舖照下，蕭開雁端詳一眼，失聲道：

「老三！」

蕭易人一看，只見是一塊綢質的衣衫，看似被人強力撕下了一角，蕭易人沉聲道：

「是娘親手給三弟繡縫的衣料！」

轉身望向滔滔江水，萬粼波動，蕭易人歎道：

「秋水，你在哪裡？」

——你在哪裡？遇險還是遭危？

——成都浣花的安危又怎樣了？

——蕭秋水，你在哪裡？在做什麼？

——江水無聲而去，歲月常流，蕭秋水，你們神州結義，有沒有江水那麼日月長遠、綿延無盡？

蕭秋水大喝一聲，長身而起，猛瞥見腳下是江水滔滔，黑濤滾滾，背後已是臨崖絕水，沒有了路，心裡一震，身法一慢，「嘶」地一聲，雖然勉強避過一擊，但衣角已被血影魔僧撕去了一片！

原來他們且戰且走，已打到山上去了。

血影魔僧的虎爪功，絕非蕭秋水所能制得住的。所幸蕭秋水先前曾與「兇手」惡鬥過，知道血影大師的拳路，所以還能支撐一時。

然而魔僧的拳路忽然變了。

血影大師易爪爲掌，一掌一掌急劇地削了出來，每削出一掌，才有颼地一聲，敢情掌式比聲音還快。

魔僧每一掌削出，都挾帶一股金紅色的熱焰，蕭秋水目瞳收縮，他聽說過這種奇詭殘毒的掌法，卻從未見過：神祕血影掌！

一失神間，一股淩厲的掌風迎臉削過，蕭秋水勉力錯步避開，額側已有一陣熱辣辣的感覺，像有幾股小蟲自頰上爬下來，蕭秋水用手一摸，一掌都是血。

血影大師桀桀冷笑道：

「叫你見識『血影掌』的犀利！」

說著又削出兩掌，蕭秋水拚力閃躲，失神間幾乎滾落到懸崖江裡去。

血影魔僧，是蕭秋水與權力幫「九天十地，十九人魔」對敵以來，武功最神祕莫測最高深的對手。

蕭秋水這邊廂如此，其他方面也絕好不了多少。

左丘超然的武功絕不在「長天五劍」任何一人之下，但也絕不在「長天五劍」任一人之上，左丘超然此刻以一敵五，幾乎就等於自己一人去力敵五個自己。

左丘超然處境之惡劣，可想而知。

可是比起馬竟終與歐陽珊一，左丘超然的處境算是好多了。

馬竟終的武功，雖不如獅公，但尚不致相差太遠，可是虎婆的武功，卻高出歐陽珊一許多，而歐陽珊一又有孕在身，對虎婆淒厲若狂的攻勢，自是招架不了。

這一來，大大分了馬竟終的心，而也大大增加了馬竟終、歐陽珊一的危機。

唐方武功較高，獨戰刀魔杜絕，她的暗器雖攻不破杜老刀的刀網，但畢竟不致立斃當堂。

鐵星月與邱南顧衝殺了一陣，但攻回來的聲勢更猛，鐵、邱二人現在可說是：只有苦戰的份兒了。

這麼多戰團裡，要算馬竟終、歐陽珊一夫婦最岌岌可危，左丘超然亦危機四伏，蕭秋水也隨時若非給血影掌命中，就是被打落急流江水之中。

但最有決定性的一戰，卻繫在唐朋與屈寒山身上。

屈寒山的劍，一直令唐朋驚心動魄，因爲屈寒山的劍一直是看不到的，等到需要的時候，它會倏然出現在屈寒山手裡。

唐朋知道自己未能完全取得權力幫信任的時候，他就很想先暗殺掉屈寒山，因爲他知道屈寒山是權力幫控制兩廣的中樞，而唐門的實力在西川。

權力幫中「八大天王」中的「刀王」在兩河，加上「藥王」在甘肅，「鬼王」在陜西，兩廣有「劍王」，西康有「火王」，雲南有「蛇王」，加上川中本身的「水王」和潛伏湖南、湖北的「人王」，一旦群起夾擊，唐門就成了甕中之鱉。

所以唐朋屢次曾起謀殺「劍王」之心，但三番四次不能動手，第一是因為苦無機會，第二是因為屈寒山武功高深莫測，唐朋心機深沉，自不敢貿然動手。

而今一戰之下，唐朋才知道，屈寒山的武功，比他想像更高，要不是看來屈寒山在近日曾大耗真氣，以致內力稍為不繼，只怕他現在已遭屈寒山毒手。

屈寒山之所以曾耗損真力，乃因抵抗「五湖拿四海」江易海，也就是胡十四的擒拿制穴暗算所致。

這時忽然劍光一閃，劍王之劍又到了！

唐朋突然大喝一聲，臉色煞白：

已到了攤牌的時候了，他殺不了屈寒山，屈寒山即刻就會殺了他。

唐方正打出了「雨霧」，暫時罩住了杜絕的刀網，回頭一瞥，卻見唐朋這般神情，驚急呼道：

「朋弟，使不得——！」

屈寒山驟然收劍，他一見唐朋這種神情，就知道並非搶攻可以了事的。

這一擊，恐怕就是唐朋最大的一擊也是最後的一擊。

屈寒山長吸一口氣，凝神以待。

唐朋的臉色愈來愈白，連殷紅的唇片，也變成了青紫色，白衣在黑色的江水上，飄搖飛抖，有一種說不盡的詭怖。

屈寒山看了，也不禁一寒。

唐方仍在急叫：「朋弟，不可——！」話未說完，杜絕的刀又捲了上來。

就在這時，唐朋就出了手。

黑夜中，江水畔，狂風裡，兩道白色的光芒，在唐朋雙手上下一揚間，綻射了出來！

彷彿不是暗器，而是光芒！

照耀遍了屈寒山第一次完全變了樣的臉色！

這光芒陡然增強，十倍，二十倍，三十倍，甚至四十倍，照耀了每一個打鬥中的人，都不禁停住了手，只聽彭九不禁叫了一聲：

「子母離魂鏢！」

子母離魂鏢！蕭秋水是聽說過的。

長江水道，秭歸鎮，謫仙樓，兇手英劍波狙殺前，曾聞唐柔這樣說過：

——「這幾天我心緒很不寧，萬一有什麼事，你代我轉告朋弟，叫他不要再練『子母離魂鏢』了，會很傷身的——」

這就是「子母離魂鏢」？怎麼像一團凌厲照亮黑暗的日芒！

屈寒山也聽說過「子母離魂鏢」這原本是老一輩唐門高手中的高手，才會使用，而且十分耗費體力，擊中或擊不著對方，自己體能消耗也十分鉅大，至少要有半甲子以上潛修功力以上的高手才可施用。

這鏢上的光芒就是爲體內先天靈氣所催，方能發動其威力的；而唐家年輕一輩高手中，據說也有三個人能使，那是唐宋、唐絕、唐肥。

而唐朋竟然也會！這年輕人近日崛起武林，所向披靡，確有他過人之能！

今日不除，日後必是勁敵！

但屈寒山已無及多想，唐朋手中凌烈的光芒，已「颼」的一聲，飛旋過來！

厲芒耀目，屈寒山幾乎睜不開眼，百忙中一劍刺出，「叮」挑開暗器，但「噹」一聲，劍亦折斷！

同時間，唐朋手中另一道厲芒竟然又膨脹，光芒更是凜烈，到莫可為已，「虎」地飛斬過來！

這才是「子母離魂鏢」的主力：母鏢！

只要子鏢能中，就不必施放母鏢，因母鏢的使用，更耗十倍以上的體力！

母鏢的威力，也在子鏢的廿倍以上！

屈寒山身上、手中，突然多了六把劍！

他兩隻手指挾一劍，虎口鉗一劍，一齊遞了出去！

「叮叮叮叮叮叮」一連串密響，六劍齊折，斷劍激飛，屈寒山一手遮臉，一手捂胸，也倒跌了出去！

刀魔杜絕被鏢光映照出驚駭的臉，呼道：「劍王——！」

就在這時，鏢光已盡，一閃而沒，大地又回復一片黑暗，月色清華，江水滔滔。

唐朋臉色慘白，搖搖顫顫，一跤跌坐下去，嘴邊滲出了一絲鮮血。

然而倒下去的屈寒山，一躍而起，他腹間染有一片血漬，但是一張威嚴正氣的臉，已換成令人不寒而慄的殺氣：子母離魂鏢擊傷了他，卻依然不能把他擊殺！

屈寒山一步一步迫向唐朋。

唐朋只有苦笑。他的殺手鐧也用盡了，而今連站起來的力量都耗盡，如何能避屈寒山怒中一擊？

唐方清叱一聲，正想搶救，杜絕卻化作一輪刀光，攔在唐方身前！

長天五劍劍陣一合，又困住了左丘超然；獅公虎婆合擊之勢，令馬竟終、歐陽珊一更自顧不及；其他權力幫中呼嘯出擊，更使邱南顧、鐵星月無法造次。

屈寒山獰笑道：「我不管你唐朋或漢四海，今日我不殺你，就不叫屈寒山！」

說著，「錚」地一聲，手中又多了一支劍，如毒蛇吐信，迅刺而出！

就在這裡，一人飛身而至，蓬地抓了一把沙子，向屈寒山迎臉撒了過去！

來人是蕭秋水！

他本來也被血影魔僧苦纏著，也騰不出手來，但是他一見唐朋遇險，心裡就大急。

唐朋是救過他們的命的，蕭秋水心裡雖不見得怎麼喜歡唐朋，但也決不能眼見唐朋死，何況唐朋是爲救他們而暴露身分，而且唐朋是唐家的人。

——唐家爲蕭家，與權力幫作對，已死了唐柔和唐大。

——爲對得起死了的唐柔和唐大，及活著的唐方，蕭秋水決不能讓唐朋死！

——這就是蕭秋水義無反顧的精神！

所以他立即忘記了自己的處境，仿著千手屠滾的滾法，就地一滾，血影大師眼前人影一空，幾乎收足不住，墜下深崖，忙把住步樁，不禁一呆，蕭秋水卻已抓了把沙子，衝向唐朋，猛向屈寒山就撒了一把！

這一下著實令屈寒山一驚。

唯其屈寒山是何等人物！一怔之後，即飛舞長劍，竟舞得粒沙不透！

但在這刹那裡，靠近唐朋位置的左丘超然，又告遇險！

長天五劍，一劍牽制左丘超然左手，一劍牽制左丘超然步法，另外兩劍，正向寸步難移、雙手制死的左丘超然身上猛下殺手！

爲與權力幫作對，蕭秋水的「錦江四兄弟」中，已犧牲了唐柔與鄧玉函，蕭秋水怎能教「神州結義」中的左丘超然也送命？

所以他不顧一切，猛回身，一劍脫手掟出，然後連人帶身，拳打腳踢，逼開另一人，一時解了左丘超然之危！

便在這時，突見左丘超然變了臉色！

劍風陡響，利厲！

在這刹那間，蕭秋水回頭，只見一道劍光，如飛襲來！

屈寒山之劍！

看來這一記是怒中之劍，屈寒山已矢志要把蕭秋水先刺殺於劍下！

蕭秋水手中沒有劍，招架不住，只有急退。

這瞬息間，左丘超然的擒拿手原可以刁住屈寒山的長劍的，但他在這刹那間，猶疑了一下，並沒有這麼做。

因爲他縱刁得住屈寒山的長劍一下，卻支持不久，而屈寒山的劍尖一定轉向他，他又如何是在長天五劍之外還再加一個劍王的對手？

螻蟻尙且貪生，尤其在長天五劍劍下遊魂的人，不能不作如此想，就在這一怔之間，蕭秋水已退後，屈寒山劍勢急追，兩人都已經過了左丘超然！

但左丘超然立即就後悔了！

縱然他只能擋得住一下，也是該擋的，因爲蕭秋水是他的大哥，一如蕭秋水剛才抽身去救自己，也明知只擋那麼一下，卻也是不顧一切挺身去擋的！

然而長天五劍的劍勢立即又把他困在陣裡。

這時候的蕭秋水正是生死攸關。

蕭秋水退得雖快，但屈寒山的劍追得更快。

蕭秋水退的路線是半弧形，所以很快地退到了懸崖。

再退，就是退無死所。

蕭秋水怔得一怔，緩得一緩，劍已刺到！

就在這時，一陣急風劈來，竟是獨腳彭九的鑌鐵拐！

彭九一直沒有動手，卻在此時施暗襲！

蕭秋水的武功就算再高十倍，也非這兩大高手來擊之敵！

就在這電光火石的剎那，劍已刺入蕭秋水胸膛，彭九的杖也「啪」地擊中蕭秋水，蕭秋水大叫一聲，翻身下墜，整個世界都一沉，然後又似浮了起來。

他已落下百丈懸崖。

崖下江水滔滔，波光粼粼。

江水、江水，可能沖盡人間情，世間仇？

唐方瘋了。

唐方不顧一切了。

自從黃河小軒小亭畔蕭秋水一劍挑開她的臉紗後，她就覺得自己是蕭秋水的人了。

一直到南明河甲秀樓上唐方與蕭秋水被點穴共藏於桌底，臉對臉、心貼心的偎倚，到白水河黃果飛瀑孔揚秦的暗襲，唐、蕭二人聯手殲敵，到貴州蕭秋水摘果送唐方，到盤江神州結義，烏江殺鐵騎，一公亭中會戰權力幫，唐方的武功雖比蕭秋水稍高，但在感情上，蕭秋水不僅是她的情人、丈夫，也是她的師父、父親，更是她的兄長、哥哥。

他這一路來對她的照顧；這一路來對她的呵護。

——唐方一想到這裡，簡直要瘋了。

秋水，秋水，我要替你報仇！

一剎那間唐方不知打出了多少樣暗器，杜絕慌了手腳，不是他接不下來，而是唐方俏煞的臉容，竟有無端的殺氣，令殺人如麻的刀魔杜絕，也爲之心寒。

故杜絕退。

唐方就找上了屈寒山。

唐朋坐倒在地上，卻忍不住大叫道：

「方姊，不行……」

唐方絕不是劍王屈寒山之敵。

唐朋見蕭秋水爲自己而死，心中也有無限震慟與哀痛，但他卻已無能力再戰，因爲施放「子母離魂鏢」委實太過傷身。

但更痛心的是左丘超然，因爲他後悔，他後悔自己簡直不是人，蕭秋水危急中尚且救他，他卻沒把握刹那機會解蕭秋水之危，他覺得自己是一個懦夫！

他恨不得「錦江四兄弟」中的唐柔、鄧玉函全都復活，來殺掉自己。

他心裡雖恨，大發神威，居然一時撐住了長天五劍的攻勢。

那邊的馬竟終與歐陽珊一，因歐陽有孕在身，真氣不支，一個踉蹌，眼看就要捱虎婆一掌，馬竟終奮力架住，背心卻著了獅公一拳，跌出七八步，口溢鮮血，已入絕境。

只有鐵星月、邱南顧，因爲蕭秋水的死，悲不能抑，奮不顧身，全力硬拚：一下子毀了七個權力幫高手，但權力幫的人，也非泛泛，鐵星月、邱南顧二人一時也殺不出重圍。

然而唐方卻遇險了。

她遇的險無人可救。

因爲要殺她的人是屈寒山。

威鎮陽朔屈寒山。

彭九撲向唐朋，他也矢志要把唐朋斃之於杖下，殺臥底「漢四海」，這可是大功一件。

唐朋勉力一舉手，「霍霍」打出兩點星光，彭九心中一寒，「百足之虫，雖死不僵」，唐朋的武功，他是知道的，何況唐家的暗器，只要暗器在手，唐門的人就不是可以小覷的。

彭九猛吸一口氣，猛止住身形，揮舞鑌鐵拐，想砸下寒星，到了半途，寒光一黯，落於地上。

彭九哈哈一笑，唐朋雖有暗器在，但已無發暗器之力了。

彭九一步一步拐上前去，獰笑道：

「你去死吧！」

舉起了杖，一杖向唐朋迎頭擊下去！

彭九舉杖向唐朋迎頭痛擊之際，也正是唐方無法閃躲屈寒山一劍穿心之時。

唐方、唐朋，都是唐門派出來闖江湖的年輕一輩好手，聰明、敏銳、慧黠，且武功高明，其他如唐朱、唐牛、唐本、唐鴨，武功雖高，卻無此聰明才智。

而此際眼看這兩大唐門高手都要死在此地。

就在這時，「岡」的一聲，彭九的鑌鐵杖被人架住，星花四濺，彭九一看，原來是一個魁梧沉健的年輕人，手裡拿著兩柄粗黑的雙劍，冷靜地望著他。

彭九瞳孔收縮，切齒道：

「你是誰？」

那人平靜地道：

「在下蕭開雁。」

彭九怒笑道：「姓蕭的!?」

蕭開雁道：「你是彭九!?」

彭九大笑道：「不錯，就是你的索命人！」

地上的唐朋即時加了一句：「蕭兄，此人殺了蕭秋水！」

蕭開雁的眼神立即沒有那麼冷靜了，變成凌厲逼人，喝道：「秋水死了？」

彭九大笑道：「是我殺的又怎樣!?」

蕭開雁不再打話，雙劍一交，剪向彭九的脖子！

彭九心裡一凜，看來蕭開雁的武功，要比蕭秋水高出許多。

蕭開雁的武功，當然比蕭秋水高。遠早在蕭秋水學武之前，蕭開雁已是浣花劍門中的守護神，蕭秋水一生節目太多，忙著結義、遊歷、寫詩，蕭開雁卻只專心練劍。浣花蕭家之所以享有盛名，蕭西樓的名氣武功自是重要，但蕭開雁的武功劍術，沉著練達，已不在乃父之下。

蕭開雁武功高，但蕭易人武功更高。

蕭易人可以說是近十年來武林中年輕一輩的領袖，雖有些侷限於川中兩湖一帶，但他年紀比蕭秋水長十一歲，七年前已自創「鐵線拳」，劍法之高，早得蕭西樓真傳，甚至已在乃父之上。

浣花蕭家之所以名聞武林，蕭易人領袖群倫，功不可沒，諸如唐猛、唐剛、鄧玉平等，都是衝著他面子而來的。

蕭易人出劍，一劍壓住屈寒山的劍。

屈寒山冷笑，這許多年來，還沒有人壓得住劍王之劍的。

他手一震，突然間發出了一劍。

他的劍明明是被壓著的，卻仍可以猝然出劍，斜削對方的手腕。

蕭易人心裡一凜，卻立刻也還出了一劍。

浣花劍派的劍招，本就走輕靈迅捷，講求變化莫測的。

屈寒山在交手第二劍後，立即知道，對方劍法絕對在蕭秋水之上。他連頭也不抬，沉腕揚劍，閃電般已急攻對方太陽穴！

蕭易人臉色一變，迴腕一刺，也刺向屈寒山額角。

這一下以膽搏膽，是玉石俱焚之策，屈寒山冷哼一聲，收劍一架，「叮」地星火急射，架住了第三劍，雙方仍未退一步。單就這點，屈寒山心知來人劍術絕對不在蕭西樓之下，而且沉著狠辣，是個角色。

屈寒山架劍長身，劍尖一點，急刺來人右足踝。

這一下變化極快，蕭易人劍猶在上方，劍勁正被屈寒山劍招架空，迴架不及，只得飄身而退。

蕭易人這一退，臨危不亂，風采依然，退得三步，架勢不變，弓腿彈腰，「嗤」地搶攻出一劍，劍刺屈寒山咽喉！

這一劍也攻得極快，屈寒山正待乘勝追擊，不料對方已一劍刺來，他頭一偏，避過一劍，卻也是心一寒，忙捏了個劍訣，對準來人。

蕭易人也不敢再貿然搶攻，也捏了劍訣，凝神以待。

兩人鬥劍五招，蕭易人被迫退三步，屈寒山逼得偏首凝身。這下屈寒山才舉目一看，只見一中年人，臉色深沉，但氣勢凜烈，在風中凜然而立。

屈寒山心裡暗忖：武林中幾時出了這般劍術高手？

在蕭易人心裡，卻是更驚更疑：

他出手在先，但屈寒山身負傷，久戰下，連頭也不抬，與自己比了五劍，不退半步，卻逼退自己，是蕭易人出道以來，首次遭逢的勁敵。

若是屈寒山不輕敵在先，這五劍比下來，難保自己不掛彩。

蕭易人心中驚疑不定，只見對方居然笑笑道：「我是屈寒山，敢問閣下是？」

屈寒山？與氣吞丹霞梁斗梁大俠齊名的威震陽朔屈寒山？蕭易人心中一亂，外表卻不動聲色，恭聲道：「晚輩浣花蕭易人，拜見屈前輩。」

屈寒山一呆：浣花蕭家，有這等人才？但外表呵呵笑道，儼如長者：

「好劍法，真是後生可畏。」

蕭易人心中也詫疑不已，看來刀魔杜絕是跟此人一伙的，可是屈寒山在兩廣的俠名，又毋庸置疑的……。

這時唐方披髮、臉白、淒聲道：

「蕭大俠，屈寒山是權力幫的人，他殺了蕭秋水。」

蕭易人臉色變了，他強提一口氣，他的性格與蕭秋水大大不同，畢竟是江湖歷練多，較深沉陰鷙，但兄弟情深，秋水已死，蕭易人再沉著也禁不住激動。

突聽一人粗聲道：「屈寒山是權力幫的人!?」

唐方一聽這人的聲音，幾乎忍不住要哭出來，淒婉道：「他是『劍王』，還殺了阿大和柔弟！」

唐朋也立時接道：「此人厲害，我的『子母離魂鏢』給他破了！」

只聽來人一聲大吼，道：「統統給我死！」「吼」的一聲，一高大的身形掠撲而來，撲向屈寒山！

那人本撲向屈寒山，但中途經獅公虎婆，獅公虎婆打得正酣，眼看就要得手，怎肯住手？所以兩人呼嘯一聲，環臂一招，要把來人反震出去！

那人一招手，打出了兩團東西！

暗器！

獅公虎婆呼嘯一聲，左右分飛，「轟隆」一聲，暗器打在地上，打出了兩個大窟隆，灰塵滾滾，獅公虎婆卻都驚出了一身冷汗。

屈寒山目光如劍，一字一字地道：「唐，門，唐，猛？」

那人一聲斷喝：「我是唐猛！」

那邊一聲斷喝，刀魔杜絕突然加入彭九的戰團，雙刀一展，力攻蕭開雁，刀快無匹，但蕭開雁沉穩的劍路，卻一直封鎖住凌厲的刀法！

彭九卻知一時放不倒蕭開雁，刀魔杜絕一接上手來，蕭開雁分身乏術，獨腳彭九即去對付唐朋。

唐朋在地上，已沒有還手之力，比較好對付一些。

彭九掄杖就打，突見唐朋一揚手，發出兩點金光。

彭九獰笑道：「你打不到我的。」

那兩道金光果已微弱緩慢下來。彭九大笑聲中，杖已劈及唐朋頭頂。

唐猛斷喝，但獅公虎婆攔住了他。

獅公虎婆對唐猛雖畏懼，但也希望彭九先毀了唐朋，少一個勁敵的好。

蕭易人的對手是屈寒山，出道十五年的經驗告訴他，這是分神不得的。

蕭易人闖蕩江湖這些年，當然有的是定力，他不似蕭秋水，朋友有難，他捨命也要去拚，換作蕭易人，則要留得一身，寧日後替朋友報仇。

鐵星月、邱南顧卻爲權力幫眾所纏；他們發狠也一時殺不出去。

唐方本是唯一可救唐朋的人，但她在彭九出手之前，卻已被魔僧血影大師所纏。

左丘超然力敵長天五劍，更是劍下遊魂，絕無餘力了。

——唐朋，唐朋，誰人來救你？

十二　蕭秋水之死

彭九的杖，眼看就要擊中唐朋的天靈蓋，彭九的怪笑，也更爲猙獰。

就在此時，唐朋所發出的兩道金光，驟然加快，十倍，二十倍，甚至一百倍！

彭九待發現不對勁時，兩道金光，一嵌入他的額頭，一打入他的口中，他笑聲一沒，唐朋勉力一滾，「砰」的一聲，彭九連人帶杖打在地上，沙塵激揚，彭九背向天，杖嵌地，再也沒有起來。

唐朋奮力跪起，仰天喃喃：

「蕭秋水、蕭秋水，我已爲你殺了一個兇手，殺了一個仇人。」

唐朋殺了彭九。

彭九不知道唐朋已逐漸恢復了所消耗的體力。

正如屈寒山等不知道，蕭易人等之所以能來，乃是見到蕭秋水被魔僧所削去的衣飾，逆水尋至的。

也正如唐朋不知道，蕭秋水的生死存亡，被「獨腳鎖千山」彭九那一杖之影響，有多鉅大？

當然，誰也不知道蕭秋水的生死安危，對日後的江湖武林，有多大的影響和衝激？

唐朋殺了彭九——屈寒山卻收劍。

他一收劍，劍就不見了，好像從來沒有拿過劍，又恢復了那種溫文儒雅的氣態，哈哈一笑道：

「蕭少俠端的是好劍法，唐老弟更智勇雙全，今番誤會，就此消了，咱們後會有期。」

說著長嘯一聲，權力幫的人都紛紛住手。

這一下突變，倒令蕭易人一呆，但他是何等沉著機深的人，當下即道：

「承屈老前輩相讓，晚輩等沒齒難忘。」

這一句話，正面是客套，隱含的則是君子報仇，十年不晚之意。

原來屈寒山眼見彭九立斃唐朋，卻因大意，反被唐朋所殺，自己這方面的高手，除自己以外，還剩下杜絕、血影大師、獅公虎婆、長天五劍，但對方除了唐方、馬竟終、鐵星月、邱南顧、歐陽珊一外，還來了蕭易人、蕭開雁和唐猛，久戰下去，這裡離桂林浣花分局已不遠，孟相逢、鄧玉平、唐剛等隨時會來，自己與蕭易人交手五招，知道對方實力頗強，加上暗器凌厲的唐猛，自己又受了傷，而唐朋又漸有再戰之力，實在好漢不吃眼前虧，於是當機立斷，未有絕對把握，還是先退爲妙。

所以他立時身退，說退就退；而蕭易人也自知不是屈寒山對手，對方人多勢眾，自己絕無五成勝機，又因來時匆忙，未及通知浣花分局，孟師叔等只怕不及來援，真的要打，只怕絕討不了好。

故此屈寒山要退，蕭易人也不阻止，兩個人都是當今武林梟雄，一爲粵西武林首席劍王，人中梟雄；一爲年輕領袖，心機深沉，人間奇傑。

屈寒山一揮手，權力幫人，如洪水退去，轉眼間一個人也不見蹤影。

唐方、鐵星月、邱南顧等要追趕，蕭易人卻伸手一攔，擋住了三人的追趕，鐵星月怒道：

「你爲什麼要阻攔我們!?」

蕭易人沉聲道：

「追上去沒有用，我們不是屈寒山的對手！」

邱南顧恨聲道：

「打不過也要打，他殺死我們老大，蕭老大啊！」

蕭易人臉色一陣搐動，強忍道：

「留得青山在，不怕沒柴燒；要報仇，就得等！」

鐵星月厲聲淒呼道：

「可是他殺的也是你弟弟啊！」

蕭易人「霍」地回身，一手閃電般揪住鐵星月的前襟，把鐵星月偌大的軀體拎了起來，滿臉青筋凸露，一字一句地道：

「你若追上去，爲他所殺，你要秋水含恨九泉!?我是他親哥哥，我都能忍，你就不能!?」

邱南顧淚流滿臉，長歎道：

「也罷，老鐵，老大說過，他若不在，就跟蕭大俠，就算他在，也得聽蕭大俠的。我們不能使老大死不瞑目；我們不能不聽他的話。」

蕭易人緩緩鬆了手，鐵星月頹然坐倒在地上，然而「嗖」的一聲，唐方卻掠了出去。

蕭易人伸手一攔，卻沒有攔著，不是因唐方輕功快，而是唐方所掠出的方向不同，她是往斷崖方向掠去的。

蕭易人老練從容，卻很少估計錯誤過，他這一攔失誤，臉上不禁一紅，一時未能恢復，他第一次在女子面前失手。唐方是他第一次見面的女子，這女子對他來說，有一種從未有過的俏煞。

唐方掠向斷崖，站住，她髮髻已亂，烏髮如水，在夜空中散揚如雨，她垂下頭來，看著濤濤江水，側臉清麗而寒。

這一下，眾人都不敢妄動，只要一動，唐方往下一躍，真箇是茫茫蒼海。誰也沒法看清楚唐方的臉容，也不知其所思。

蕭開雁開口了：

「唐姑娘，妳不能死，妳死了，就不能爲秋水報仇了。」

蕭易人也很快恢復了鎮定：

「秋水若是掉下去，滔滔江水，何等急湍，妳下去也沒用，救不了他的。」

馬竟終禁不住也說話：他雖無法救助蕭秋水，但蕭秋水中劍捱杖落懸崖的那一刻，他是目睹的：

「唐姑娘，蕭三俠是先中屈寒山之劍，再受彭九一杖，方才落下江中的，妳找到他，也沒有用了。」

——沒有用了，也就是死了。

——試問又有誰能在中屈寒山一劍、捱獨腳鎮千山彭九一杖，而能全身呢？

馬竟終平時絕不肯如此說，但爲了使唐方絕望，不致貿然躍下輕生，只得把話說盡。

唐猛怒喝道：

「方妹，不可死——！」

一步踏前，蕭易人卻一手按住他的肩膀，低聲道：

「你走前去，反而出事，讓她一人靜一下，比較安全。」

蕭易人這樣說著的時候，心中是有感慨的。

——他看出唐方，就算沒有看到正臉，只看到側面和背影，也可以感覺到唐方一顆為蕭秋水的凜烈之心。

——他也看出鐵星月、邱南顧，可以為蕭秋水一句話生，一句話死，並為蕭秋水活著去報仇，更為蕭秋水去跟從他，來保護浣花劍派，去維護江湖正義。

——他自己呢？

——他闖蕩江湖十數年，領袖群倫，一身武藝，不知比蕭秋水高出多少倍，但他似乎沒有像蕭秋水這樣的兄弟朋友。

——為朋友生、為朋友死，生不背棄，死不旋踵的朋友。

——他懂得如何控制人心，如何以積威服人，如何強作鎮靜，如何使人懼畏，如何建立威名。也知道如何裝醉佯狂，換得同情；如何假裝孤獨寂寞，以獲支持；更懂得薄施恩惠，讓人感激涕零。所以他的名氣威望，也不脛而走；但他卻沒有蕭秋水這等如生如死，沒有任何利害關係的兄弟朋友。

——這個父親不怎麼看得起不務正業的蕭家老三，真不知怎麼服人的？要是這個弟弟還能生還，不知會不會有這一天，秋水的成就會超過於他？

想到這裡，蕭易人下意識地舒了一口氣。

——他現在總算有了鐵星月、邱南顧這等人。他一眼便看出他們都是莽烈漢子。要成大事，需要好漢！

——不知那坐著捧頭的少年又怎樣？他知道這少年便是擒拿中的好手：左丘超然。

蕭易人卻不知道，左丘超然正在後悔：痛苦流涕地在追恨他的沒有出手，使蕭秋水緩得一緩，說不定可以捱至蕭易人等及時趕到，而老大便不會……

——他恨自己在大關節上是個懦夫。

同樣有一個人在月光下、夜風中追思蕭秋水。

那就是唐朋。

唐朋雖只和蕭秋水第一次相識，但蕭秋水以他有限的武功，卻勇於救他一命，因而犧牲了自己。

——蕭秋水，如果你還能再活一次，我唐朋，也服你！

唐方一個人，靜靜立在崖邊，晚風吹亂她的髮，急風中，她苗條的身軀更爲纖小可憐。

——唐方妳在想什麼？

唐方沒有動。

沒人知道她在想什麼？生？死？

唐方沒有想死。

唐方一點都沒有想死。她堅信蕭秋水是活著的。

蕭秋水永遠在她心裡活著的。而她也永遠不會背棄他。她一定要活著，爲他報仇，完成他的大志。

——他不是要消滅權力幫，要矢志神州結義，要遍遊中國嗎？

——只是爲什麼要大志未酬啊！

唐方的心已沉下去，沉到沒有了，只是她還有一點微明的神志，堅定地不相信蕭秋水已死：

——蕭秋水不會背棄我的。

——蕭秋水不可以先我而死。

這種感情，遠超於懷念，不囿於殉情；這種哀傷，是刻骨的，是銘心的，是悲莫能已的。

——蕭秋水蕭秋水你在哪裡？

——我想你。

——我想你。

唐方咬住嘴唇，嘴唇一片慘白。江風吹送，憂思漫天。但爲君故，沉吟至今。而今夕何夕，但爲君故啊。但爲君故。

唐方慢慢自懷裡掏出了兩粒小小的果子：乾腐了的果子。唐方就想起盤江風和日麗的那一幕：

亂石崢嶸，風景如畫。

盤江是個怪石峻峭，自具蒼勁雄魄的魅力。

風吹過，蕭秋水心情美好，卻看見岸邊有一處遼闊的天地，鵝卵般的石子，生長著幾棵小樹。

綠油油的葉子，深的綠，淺的綠，一葉小小的葉子，就像小小的手指頭；就像唐方小小的，珍惜著的手指頭。

好清秀的小指頭。

風吹來時，所有深的淺的綠意的小手指頭都在招手，所有的小手，手手都在招手。

蕭秋水走過去，小樹只及蕭秋水的腰身。

蕭秋水珍惜地看著那無名的樹，清綠的葉子，卻意外地發現那小樹結著一串串，有熟了變橘紅色的果子，生澀時像葉子一般青綠的果子。

好美麗的果子：人生除了壯大的志向，亦有如此美好的小小生機。

蕭秋水向來不喜歡採摘，採摘雖然隨心喜歡，但也等於扼殺了生機。

可是風來的時候，他的心思更加清晰見底，像小溪一樣，不會如風似雲，亂成了一團，整理不清楚。

這次他禁不住採了一把小小的果果，「江南可採蓮」，他採的雖不是蓮，但滿心滿意，都是江南。

他那盈盈的小果子，有鮮亮的橘紅，有清新的油綠，交給了唐方那白生生如玉的小手，他說：「妳看。」

唐方就垂下頭來看了；那小小挺挺的鼻樑一抹，很是秀麗。

蕭秋水又說：「給妳。」

唐方就收下了，唐方沒有說話。

風自然地吹來，唐方的眼睫毛很長，一眨一眨的，很美。

蕭秋水也沒有說話。

奇怪是那班兄弟在此時此候，都躲到遠遠那邊去，小聲說大聲笑，不知在幹什麼。

——然而蕭秋水，你在哪裡？

唐方用白小的手，捏著兩粒已失去鮮活的果果，蕭秋水的生命，是不是已如這果子，存在但失去了生命？

然而這份天地不能憑的感情，卻遠超過於生，超過於死，唐方爲守著它，而活下去。

這是蕭秋水留給人的感情：——不是爲他而生，不是爲他而死，而是這份高貴的情操，可以做到捨死忘生。

也只有唐方瞭解這種感情。

江水滔滔，月昇月沉，蕭秋水，你在哪裡？

——蕭秋水，不管是存或歿，神州結義，奮抗權力，這光芒卻永不萎縮。

——蕭秋水，你在哪裡？

唐方黑髮紛飛如夜，遠方已隱約有晨光、斷崖、江水，月沉日昇。

——我想你。

——我，等，你。

稿於一九七九年七月神州社弟妹空群

接待父母來台行前後

校於五年後香江明報晚報連載「談笑

傲」完畢

重校於一九九三年六月十八日：自吉隆坡返金寶；海載三俠回金龍園見姊馨拜父母；芳帶來人性可怕一面之訊息；方訂赴港日期：LOWAN KUDA巧遇羅夫婦

修訂於一九九八年二月始自成一派內「港幫」加入了劉靜飛，與溫何梁形成新「四大名捕小組」，結合方余念儀，成為「港、粵、珠、圳八大天王」集團，好玩有趣新面目

《兩廣豪傑》完

請續看《江山如畫》

【武俠經典新版】

神州奇俠（卷二）兩廣豪傑

作者：溫瑞安
發行人：陳曉林
出版所：風雲時代出版股份有限公司
地址：10576台北市民生東路五段178號7樓之3
電話：(02) 2756-0949
傳真：(02) 2765-3799
執行主編：劉宇青
美術設計：許惠芳
業務總監：張瑋鳳
初版日期：2024年2月新版一刷
版權授權：溫瑞安
ISBN：978-626-7369-51-7
風雲書網：http://www.eastbooks.com.tw
官方部落格：http://eastbooks.pixnet.net/blog
Facebook：http://www.facebook.com/h7560949
E-mail：h7560949@ms15.hinet.net
劃撥帳號：12043291
戶名：風雲時代出版股份有限公司
風雲發行所：33373桃園市龜山區公西村2鄰復興街304巷96號
電話：(03) 318-1378
傳真：(03) 318-1378
法律顧問：永然法律事務所 李永然律師
北辰著作權事務所 蕭雄淋律師
行政院新聞局局版台業字第3595號 營利事業統一編號22759935

定價：320元

國家圖書館出版品預行編目資料

神州奇俠／溫瑞安 著. -- 臺北市：風雲時代出版股份有限公司,，2024.01-　冊；公分
武俠經典新版
ISBN 978-626-7369-51-7（第2冊：平裝）
1.武俠小說
857.9　　112019839